ROWOHLT
BERLIN

HELGA
KÖNIGSDORF

GLEICH

NEBEN

AFRIKA

ERZÄHLUNG

ROWOHLT · BERLIN

Lektorat Ingrid Krüger
1. Auflage März 1992
Copyright © 1992 by
Rowohlt · Berlin Verlag GmbH, Berlin
Alle Rechte vorbehalten
Umschlaggestaltung Walter Hellmann
Gesetzt aus der Caslon (Linotronic 500)
Gesamtherstellung Clausen & Bosse, Leck
Printed in Germany
ISBN 3 87134 044 8

FÜR ERIKA JUNGE

Hier wurde
Wieder schamlos
Abgeschrieben

Doch bleibt
Das Leben
Unübertroffen

Ich weiß nicht genau, welches Jahr man jetzt schreibt. Ich zähle die Tage schon lange nicht mehr. Nicht einmal die Jahreszeiten kann ich ordnen. Es gibt dafür nicht den geringsten Bedarf. Bald ist es stickig heiß unter den Stauden. Bald zieht feuchte Kühle vom Meer herüber. Die Bewässerung, die offensichtlich automatisch gesteuert wird, beginnt nach Sonnenuntergang. Meine Kleidung zerfällt. Schuhwerk paßte ohnehin schlecht zu meinen verkrümmten Zehen. Aber das sind bei dem hiesigen Klima nur Eitelkeiten.

In der letzten Zeit ist viel Lärm auf der Insel. Ich höre Flugzeuge landen. Als wir ankamen, Maria und ich, gab es noch keinen Flugplatz. Wir sind mit der Fähre gekommen. Vielleicht muß nun bald diese vergessene Plantage dran glauben. Dann ist es auch für mich Zeit. Und für Maria. Falls Maria noch lebt.

Manchmal denke ich, daß ich mir alles nur einbilde. Ich stelle mir vor, ich komme zu mir, und siehe da, alles war nur ein Produkt meiner Phantasie. Irgendeine seltene Form von Wahnsinn. In Wirklichkeit bin ich zu Hause... Aber da beginnt ein schwarzes Loch. Wo bin ich zu Hause. Ich bin unbehaust. Und eigentlich ist dieser grüne Schatten zwischen den Bananenstauden für einen, der nichts mehr als «sein Zuhause» bezeichnen kann, nicht der schlechteste Aufenthaltsort.

In unserer allerersten Zeit haben wir noch Pläne geschmiedet, wie wir hier wegkommen. Ich hatte gehofft, man würde uns suchen. Aber nichts rührte sich. Die Welt legt offenbar nicht den geringsten Wert mehr auf uns. Ein bißchen weh tut das schon. Vielleicht weiß die Polizei sogar, wo wir uns versteckt halten, und sieht es als die beste Lösung an. Aber damit überschätze ich wahrscheinlich die Beamten.

Leider glaubte Maria immer noch, wir hätten es schaffen können. Dadurch fiel es ihr schwerer, sich abzufinden. Ich hatte gewußt, daß es Wahnsinn war, mit der alten Naivität weiterzuleben. Aber ich wollte es nicht anders. Ich sagte ihr, daß Glück auch nur eine Sache der Perspektive sei. Und daß dies für uns nicht mehr die geringste Rolle spiele.

In den ersten Wochen hätte ich gern eine Zeitung gehabt. Ich hätte gern gewußt, was in der Welt passiert. Dann habe ich festgestellt, daß man erstaunlich gut ohne die Welt auskommt. Seit ich den Lärm der Bagger und der Planierraupen auf der Insel höre, denke ich, daß man im Prinzip alles wie bei einer Rechenaufgabe herleiten kann, und seitdem habe ich auch daran das Interesse verloren. Jetzt hat man uns sicher längst für tot erklärt und vergessen.

Wenn ich mein Leben überdenke, kommt mir

10

manches ein bißchen verworren vor. So als hätten sich mehrere Leben miteinander verflochten. Ich weiß nicht, ob ich verrückt bin. Es spricht manches dafür. Anderes dagegen. Ich hatte oft Mühe, aus den vielen Erklärungen, die alle Erscheinungen in einen vernünftigen Zusammenhang brachten, die richtige herauszufinden. Meistens entschied ich mich für die freundlichste. Ich habe nie verstanden, warum die Menschen nicht so schön sein wollten, wie ich sie erfand.

Vorwärts, tapferer Zinnsoldate, den Rinnstein hinab. Wo eben bloß Gosse war, ist jetzt... Ach, schaut doch selbst hin. Ich bin längst woanders.

Neunzehnhunderteinundneunzig begann bei uns die Marktwirtschaft. Da war viel Ach und Weh im Land. Die einen wurden zur Kasse gebeten. Die anderen verdienten jede Menge. Aber da sie nie genug kriegen konnten, investierten sie das meiste von dem Geld, das sie verdient hatten, wieder, verwandelten es also in Kapital. Allerdings investierten sie es nicht in unserer verkommenen Gegend. Da überließen sie es dem Staat, erst einmal Ordnung zu schaffen. Der Staat wußte offenbar genau, was er zu tun hatte. Wir konnten die innere Logik nur bestaunen. Das einzige, was uns kränkte, war, daß man unsere Leistung so wenig würdigte, ein schwachsinniges System, das gar nicht funktionieren konnte, um des lieben Friedens willen so lange am Laufen gehalten zu haben. Aber dann wären wir vielleicht noch übermütig geworden und hätten uns aufgespielt. So lernten wir schnell, bescheiden zu werden und den Mund zu halten.

Abhärtungen sind nach Revolutionen meistens angezeigt. Die Träumer müssen schnell auf den Teppich der Realität zurückgeholt werden. Jemand, der eine Revolution gemacht hat, ist seiner Natur nach traumtänzerisch veranlagt. Deshalb frißt eine vernünftige Revolution ihre Kinder. Früher wurden sie geköpft. Das gehörte sich nach einer unblutigen Revolution nicht. Aber man mußte gar nicht zu solchen Mitteln greifen, denn die Mehrheit der Leute hatte das Träumen satt. Schließlich hatten sie erlebt, was passiert, wenn Revolutionen in der Traumphase steckenbleiben. Die neue Macht hatte es nicht nur mit den Träumern der letzten Revolution zu tun, sondern auch mit Leuten, die den Traum von der vorletzten noch nicht aufgegeben hatten. Aber, wie gesagt, die meisten kamen schnell zur Besinnung. Sie rieben sich verwundert die Augen und schämten sich, daß ihnen das passiert war.

Niemand wollte mehr von der Revolution hören. Die das letzte Wort hatten, waren an den Ereignissen gar nicht beteiligt gewesen. Denn jetzt kam die Zeit der wirklichen Macher. Das Paradies der Dilettanten gehörte der Vergangenheit an. Den Leuten war der Spatz in der Hand noch immer lieber als alles Gerede. Und die gebratenen Tauben hatten unerschütterlich eine Vorliebe für die hohen Dächer.

Wer nicht rechtzeitig vorgesorgt hatte, wurde arm wie eine Kirchenmaus. Und das hatte seinen Sinn. Wir mußten den Wert des Geldes schätzenlernen. Wir fühlten uns schlecht behandelt und hatten Wut und wußten nicht, wohin mit der Wut. Wer da sagte, es wäre vielleicht besser, wir hätten die aus dem Westen nicht, der hatte immer noch nicht begriffen, wie knapp wir daran vorbeigekommen waren, uns gegenseitig umzubringen.

Der Westen roch gut, schmeckte gut und machte immer einen frischgebügelten Eindruck. Sogar die Gesichter hatten etwas Gebügeltes. Ich brannte vor Neugier, wie es weitergehen sollte. Der Roman, um den es mir eigentlich ging, war das Leben. Aber das behielt ich sorgsam für mich.

Nie zuvor hatte ein derartig ordinärer Geruch nach billigem Parfüm über der Stadt gelegen. Und doch war kein Duft stark genug, um den faden Geruch der Angst zu überdecken, der sich immer mehr ausbreitete. Die Leute, die zur Arbeit fuhren, waren bemüht, einen kreditwürdigen Eindruck zu machen. Aber begegnete man einem von ihnen wenig später in den Anlagen, hatte er schon etwas Geducktes, etwas Sprungbereites. Die Notausgänge in den oberen Etagen der Hochhäuser wurden gesperrt, weil die Bewohner unten das Vorbeisausen der Körper nicht mehr ertrugen.

Die Hauptakteure kamen mit dem Flugzeug in die Stadt und wendeten mit Siegerblick die Köpfe hin und her, wodurch sie eine gewisse Ähnlichkeit mit verärgerten Gänserichen bekamen. Sie verachteten alles, was sie von uns sahen, so sehr, daß sie jede Spur tilgen wollten. Wenn man ihnen in die Augen blickte, was nicht einfach war, vermieden sie es, uns anzusehen; wenn man sie aber überrumpelte und sie dem Blick nicht mehr ausweichen konnten, verstand man sofort, daß sie die Verachtung brauchten, weil sie ihrem Job sonst nicht gewachsen gewesen wären.

Ich merkte, wie sich in meiner Seele allmählich ein Bodensatz von unerlaubten Gefühlen ansammelte. Bei uns war Bravheit honoriert worden. Wir hätten ein Leistungssystem vorgezogen. Das versicherten wir jedenfalls einander. Bei den Neuen war Bravheit selbstverständlich. Das erschreckte uns ein bißchen. Wir hatten es nicht erwartet. Beim genaueren Hinsehen war Bravheit allein nicht ausreichend. Man mußte perfekt funktionieren, Rädchen werden im Getriebe. Das war ein hoher Preis. Unser Räderwerk hatte dauernd geklemmt. Wir waren gezwungen gewesen, das Ganze im Auge zu behalten. Damit machte man sich bei den Neuen verdächtig. Wir gingen zwar nicht so weit, uns das Alte wieder zu wünschen. Das wäre Wahnwitz gewesen. Aber es fiel uns nicht leicht, so zu werden, wie man uns brauchte.

Manchmal, wenn ich schon den Mut verlieren wollte, rechnete ich mir die Wahrscheinlichkeit für das Zusammentreffen aller Ereignisse aus, die notwendig gewesen waren, damit der Weg der Evolution gerade zu meiner Entstehung geführt hatte. Diese Wahrscheinlichkeit war so unvorstellbar klein, daß es mich oder einen beliebigen anderen Mitbewerber eigentlich gar nicht geben durfte. Außerdem waren durch die Entscheidung für mich Schritt um Schritt so viele andere Anwärter ausgeschlossen worden, daß es eine beispiellose Ignoranz gewesen wäre, mit diesem Geschenk leichtfertig umzugehen. Dem Tod in seiner stupiden Unabänderlichkeit wollte ich freiwillig keinen Fußbreit überlassen.

In meinem Kopf war dauernd Überfüllung. Ich hatte sämtliche Zeitungen, von der Prawda bis zur Frankfurter Allgemeinen, mit Artikeln beglückt. Jetzt druckte mich nicht einmal mehr das Neue Deutschland, weil die Leser meine Artikel satt hatten. Aber auch weil die Redakteure Angst hatten, sich mit mir in die Nesseln zu setzen.

Früher war es für uns alle einfacher gewesen. Da bekamen wir gesagt, was zu tun und was zu lassen war. Blieben dennoch Zweifel, konnten wir nachfragen. Jeder konnte eine Verantwortung, die er nicht tragen wollte, auf die nächsthöhere Ebene schieben. Und manchmal wurde so eine Verantwortung geschoben und geschoben, und es dauerte eine Weile, ehe sie eine Ebene erreichte, von der aus sie wieder nach unten delegiert werden konnte.

Ich saß zwischen allen Stühlen und dachte über den Weltuntergang nach, um nicht an die ganzen Peinlichkeiten denken zu müssen, die mir passiert waren. Aber nicht einmal die Sintflut interessierte noch irgend jemanden. Die Leute hatten andere Sorgen. Meine Freunde zogen sich zurück. Die einen hatten keine Zeit. Die fragten wenigstens nicht nach dem Sinn des Lebens. Die anderen versuchten sich die Welt mit Trotzki oder mit einem der Skandalblättchen zu erklären, und es war nie sicher, ob sie gerade wehleidig oder wütend waren. Der einzige Lichtpunkt war Maria, und Maria sagte, daß sie mich liebe.

Ich liebte alles an ihr. Ihre Haut. Ihre Stimme. Ihre Logik. Ihre Wutanfälle. Maria war der erste Mensch, den ich liebte, ohne ihn mir umerfinden zu müssen. Maria war weich und warm. Sie war anwesend. Maria durchschaute zwar, daß ich eine Hochstaplerin war. Aber wo der Mensch glauben will, ist er unbeirrbar, selbst wenn ihm ständig das Gegenteil vorgeführt wird. Diese historische Lektion lag gerade hinter uns. Über solche Dinge nachzudenken lohnte jedoch immer weniger. Überhaupt stand Denken niedrig im Kurs. Höchstens die Kirchenleute und die Ausländer dachten noch über uns nach. Aber auch die würden das bald sein lassen.

Ich sagte zu Maria, ich bekäme die Sache schon in den Griff. Und Maria, die wegen der blödsinnigsten Dinge mit mir den größten Streit anfing, in einer Lautstärke, daß schon im ganzen Haus über uns geredet wurde, was man sich nun, wo diese verlogene Wohlanständigkeit Einzug hielt, nicht mehr leisten konnte, diese Maria, die so schnell niemandem Glauben schenkte, nickte vertrauensvoll mit dem Kopf, wenn ich großspurig sagte: «Mach dir keine Sorgen, ich schaffe das schon.» Dabei war ich jedesmal ganz schön mit den Nerven runter.

Ich hatte den Größenwahn eines Zaunkönigs, und Maria war der erste Mensch, der das aushielt. Vielleicht liebte ich sie auch deswegen. «So ein ganz kleines Licht bin ich schließlich auch nicht!» Sagte Maria.

Meine Eltern waren überzeugt gewesen, daß ich zu Höherem berufen sei. Bei allen Demütigungen, denen die Familie unterworfen gewesen war, setzte man auf mich, wie andere Leute auf die Wunderwaffe hofften. Ich selbst konnte mich natürlich solchem massiven Meinungsdruck nicht ganz entziehen. Und die Erfahrung, daß Erfolge nichts taugten, blieb mir nicht erspart. Aber was auch immer mir im Leben zugestoßen war, am Ende hatte meine angeborene Fröhlichkeit gesiegt.

Nach meinem letzten gescheiterten Versuch die Welt zu retten ließ sie allerdings ein bißchen auf sich warten. Dachte ich an meine Zeit als Trauerarbeiter und daran, wie ich von einigen Dissidenten, die wohl fürchteten, ich wollte ihnen schon wieder die Show stehlen, mit wütenden Kommentaren bedacht worden war, während die Schlaueren mich ruhig gewähren ließen und indessen für später vorsorgten, dachte ich also daran, konnte ich zwar schon wieder lachen. Aber irgendwie hatte es mich diesmal doch ernster getroffen. Dafür sprachen die zwanzig Romananfänge in meiner Schublade. Einer schwachsinniger als der andere. Und das gerade in einem Moment, in dem man sich alles, nur keine Schwäche leisten konnte.

Wir sprachen oft über den Tod und versicherten einander, daß es jeder von uns, wenn auch schweren Herzens, auf sich nehmen würde, den anderen zu überleben, damit dieser, der andere also, nicht allein bleiben mußte. Wir enterbten unsere Kinder und setzten uns gegenseitig als Erben ein, aber das waren rein symbolische Handlungen. In Wirklichkeit waren wir pleite.

Ich beschloß, mich für einige Monate in mein Heimatdorf zurückzuziehen. Ohne Maria. Meine Erfahrung sagte mir, nichts ist so umgebungsabhängig wie die Liebe. Die falsche Umgebung kann für die schönste Liebe den Tod bedeuten. Und das Dorf war für Maria die falsche Umgebung. Vor allem, wenn man das Dorf ernst nahm.

Maria zog auch nichts dorthin. Sie freute sich darauf, mit mir an der Nordsee in der Sonne zu schmoren. Die Orte, die sie ins Auge faßte, klangen schickeriaverdächtig. Ich empfand eine grimmige Schadenfreude, wenn ich mir vorstellte, wie es der Gesellschaft dort auf die Nerven gehen mußte, wenn die Sachsen und die Preußen so ohne Respekt vor den Tabuzonen überall einbrachen. Schon bei dem Wort Gesellschaft fing es an. Keiner von uns würde doch auf den Gedanken kommen, daß dieses Wort ganz anders gebraucht wurde und daß es nun etwas Ausschließendes hatte. Daß man nicht mehr zur Gesellschaft gehörte.

So kam es, daß sich Maria allein am Nordseestrand erholte, während ich mit dem gesamten unaufgearbeiteten Wust vom Finanzamt im Kofferraum nach Thüringen fuhr. Irgend etwas in Marias Augen hätte mich warnen sollen. Aber mir, die ich an einem Kassandrawahn litt und die ich mit meinen Vorhersagen nie sehr danebengelegen hatte, auch wenn sie vollkommen nutzlos geblieben waren und ich sie besser für mich behalten hätte, mir kam, was das Persönliche anbelangt, nicht die kleinste Vorahnung.

Marias Zigeunergesicht wurde bleich vor Selbstmitleid, als ich ihr sagte, daß wir uns für eine gewisse Zeit trennen müßten. Wen es an die Stätten seiner Kindheit zurückzöge, sagte sie, der bereite sich auf den Tod vor. Ich mußte sie die ganze Nacht streicheln. Die Liebe zwischen Frauen besteht im wesentlichen aus Zärtlichkeit und Eifersucht. In gewissen Abständen stieß sie Drohungen aus. Sie würde unangemeldet anreisen, und fände sie mich dann in den Armen irgendeines komischen Vogels, dann wäre es ein für allemal vorbei, und das würde ihr dann überhaupt nichts ausmachen. Ich hatte nie zuvor einen Menschen getroffen, der zu solcher Eifersucht fähig war. Sie war auf alles eifersüchtig. Auf die Partei, auf Dick Hach aus Colorado, auf Alexander, auf den Computer, auf den besonders, und auf die Zeitung. Nun also auch noch auf den Tod. Ich war gerührt und versprach, mit ihr im Herbst nach Indien zu fahren. Woraufhin sie sich sofort beruhigte und in meinen Armen einschlief.

Ich hatte überhaupt nicht die Absicht gehabt, nach Indien zu fahren. Aber gegen Marias Fernweh kam ich nicht an. Die Leute reisten mit einer selbstzerstörerischen Wut. Sie schreckten vor keinem Horrortrip zurück. Verleibten sich die Welt im Schnellverfahren ein, so als wüßten sie, daß der Spaß nicht lange dauern konnte. Aber ich glaube nicht, daß sie richtig durchsahen. Sie ließen sich Stahltüren vor ihre Wohnung bauen, als ob sie in der Zukunft noch etwas zu sichern hätten. So stellte ich mir die Stimmung zu Pestzeiten vor.

Die Menschen pendelten zwischen Verzweiflung und Lebenshunger. Jeder war heimlich überzeugt, der Kelch würde an ihm vorbeigehen. Ich dachte mir, daß sich die neuen Mächtigen, die alles andere als Anfänger waren, schon etwas ausdenken würden, um uns in Atem zu halten. Ich glaube, jeder Bürger dieses ehemaligen Landes hatte ein bißchen Angst, es könnte sich herausstellen, er sei ohne sein Wissen Mitarbeiter irgendeines Geheimdienstes gewesen.

Ich verlor in dieser Zeit spürbar an «Bedeutung». Zwar redete ich mir ein, meine Post käme wieder stoßweise. Aber selbst die Geheimdienste schienen das Interesse an mir zu verlieren.

Vielleicht hatte ich auch nie eine echte Bedeutung gehabt, sondern war eher so etwas wie ein virtueller Punkt, in dem sich, wie in der Geometrie, die Parallelen treffen. Jedenfalls wurden nun die Anzeichen für eine schwer faßbare Aufmerksamkeit spärlicher. Niemand fotografierte mich mehr, wenn ich ins Ausland reiste. Die Kamerateams, die aus mehr Leuten bestanden, als für solche Arbeit notwendig waren, und von denen sich die Überzähligen schon in meiner Wohnung herumtrieben, während ich noch im Sessel mit dem Mikro festgemacht wurde, gehörten der Vergangenheit an. Es tauchten auch keine längst vergessenen Freunde mehr auf, die sich plötzlich brennend dafür interessierten, was ich schrieb. Nicht einmal die neue Regierung nahm mich noch

ernst. Kein Rundfunkrat sah mehr die Notwendig-
keit, den Äther vor einer Unterwanderung durch
mich zu schützen. Das funktionierte jetzt alles von
selbst. Ich bewunderte diese Effektivität, die ich
nicht durchschaute, denn die Neuen ließen sich
nicht in die Karten gucken. Ich wurde den Verdacht
nicht los, daß sie es selbst nicht wußten.

Ich ahnte, daß «loyal sein» ein Schlüsselwort bei
ihnen war. Und vielleicht würde ich mich besser zu-
rechtfinden, wenn ich dieses Wort in seiner ganzen
Bedeutung verstand. Daß es nicht mit einem Blick
in ein Wörterbuch getan war, soviel stand fest. Früher hatte es auch eine Weile gedauert, bis ich begriff,
was es bedeutete, einen «Klassenstandpunkt» zu
haben. Als ich es begriff, hatte ich schon keinen
mehr.

Als Politikerin war ich eine Katastrophe. Selbst die
von der Partei waren heilfroh, mich wieder los zu
sein. Ich bin ganz sicher der einzige Kandidat zu
einer Bundestagswahl gewesen, der nicht wußte, um
wieviel Geld es dabei ging. Sonst hätte ich doch im
Wahlkampf den Leuten nicht erzählt, warum sie
mich nicht wählen sollten. Was diese auch prompt
nicht taten. Jemand, der so sehr gegen seine eigenen
Interessen handelte wie ich, der konnte unmöglich
andere davon überzeugen, er würde ihre Interessen
ernst nehmen.

Ich hatte die Kandidatur für die Linken in Baden-
Württemberg aus Wut angenommen, weil ein Studiendirektor aus Paderborn uns während einer Fami-

lienfeier seine Meinung, man müsse uns zum Umer-
ziehen in Lager stecken, nicht vorenthalten konnte.
Nun gebe ich zu, daß ein Studiendirektor aus Paderborn kein ausreichender Grund war, um für den
Deutschen Bundestag in Baden-Württemberg zu
kandidieren. Und auch noch für die Linken. Aber
der einseitige Polittransfer ging mir auf die Nerven.
Wenn wir uns weiter so behandeln ließen, mußte es
einmal umschlagen, und dann würde sich die alte
Prophezeiung vom «Überholen ohne einzuholen» in
einer Weise erfüllen, die für manchen etwas überraschend sein konnte. Nur wenige Menschen können
nämlich Demütigungen bei sich enden lassen. Und
summierte man bei uns die alten und die neuen Demütigungen, so kam eine Summe heraus, die uns für
lange Zeit furchtbar machen mußte.

Aber es war der blödsinnigste Entschluß meines
Lebens. Und der teuerste. Blödsinnig, weil keiner
mehr seine Demütigung durch mich wettmachen
lassen wollte. Die Leute waren einfach weiter als
ich. Und teuer, weil die neue Macht nicht mit sich
spaßen ließ. Ich hatte damit nicht gerechnet, weil
ich die Neuen für selbstbewußter gehalten hätte.
Daß sie ein' paar Läuse im Fell so ernst nahmen,
machte mich nachdenklich, und ich folgerte, es würden sehr schlechte Zeiten kommen.

Die Partei war auch nicht bereit gewesen, sich von
mir läutern zu lassen, und man hatte dort mein Trei-
ben mit wachsendem Mißtrauen verfolgt. Sie waren
nicht einmal mehr intelligent genug gewesen, zu be-

greifen, daß ich mich für sie ruinierte. Dafür waren sie aber äußerst wachsam, daß ich nicht ihr Ruin wurde.

Es war endlich an der Zeit, daß ich meinen Verstand wieder einmal bemühte. Eigentlich war alles sehr komisch. Die Ansichten, die so über die Welt geäußert wurden, waren fast durchweg ziemlich chaotisch. Die einzigen, die durchsahen, waren die Bankleute. Jedenfalls hatte das, was sie sagten, auch wenn sie vieles nicht sagten, eine innere Logik. Nur leider bedurfte es nicht erst eines Blicks auf meinen eigenen Kontostand, um mich zu vergewissern, daß die Interessenlage der Bankleute und meine eigene etwas verschieden sein dürften. Erst der Weltuntergang würde uns wieder in Reih und Glied bringen. Aber darauf zu hoffen wäre mir eigensüchtig vorgekommen.

Es sah ganz danach aus, als würde mir das Lachen bald vergehen. Ich wußte nicht mehr, wovon ich die Miete bezahlen sollte, und nun hatte ich auch noch diese Indienreise am Halse. Ich merkte, wie ich ein bißchen unruhig wurde. Der Entschluß, in jenes Dorf zu fahren, hatte für mich mehr als nur eine metaphysische Bedeutung. Ich versprach Maria bei der Abreise, nicht ohne einen Bestseller im Kofferraum zurückzukommen.

Viel hielt mich nicht in der Stadt. Meine Familie überlegte schon wieder, ob man nicht den «Kontakt» zu mir loser gestalten sollte, und Maria hatte alle meine ehemaligen Liebhaber mit einem Streich erledigt, indem sie diese kurzerhand zu Spitzeln erklärte. Ich gebe zu, daß mir diese Sicht auf alle meine Mißgeschicke manches erleichterte. Es gab auch wohlmeinende Bekannte, die mich nun vor Maria warnten. Sie konnten ja nicht ahnen, daß ich nichts so sehr fürchtete wie den Tag, an dem sich herausstellen würde, daß Maria harmlos wäre.

Ich mietete mich in einem Gehöft ein, das oberhalb des Dorfes am Berghang lag. Die Nächte waren still. Ich hörte meinen eigenen Herzschlag. Ich lag allein im Bett, dachte an Marias sonnenwarme Haut und tat mir schrecklich leid.

Nachts klapperten die Schieferplatten an der Hauswand. Im ersten Zwielicht jagten die Fledermäuse zwischen der Scheune und der Esche. In diesem Jahr blühten die Wiesen so üppig wie seit langem nicht. Die Margeriten hielten die Gesichter in die Sonne. Der Wiesenknopf, das Eisenkraut und die kleinen Glockenblumen leuchteten um die Wette. Falter, deren Existenz ich schon vergessen hatte, gaukelten vorüber. Und die ganze Pracht war durch keinerlei ehrgeizige Produktionsziele gefährdet. Denn es gab kein Vieh mehr im Dorf.

Mein Vetter Eberhard, der aus der Genossenschaft ausgetreten war, mähte seine Wiesen. Nachdem ein heftiger Gewitterregen alles durchnäßt hatte, richtete er ein provisorisches Silo ein. Er brachte es nicht fertig, das Futter verkommen zu lassen. Obwohl er keine Verwendung dafür hatte.

Auf dem Rapsfeld loderte der Klatschmohn, und das Blau der Kornblumen übertraf wieder alle Vorstellungen, die man sich irgendwann davon gemacht hatte. Der Wind trug den dünnen scheppernden Klang der Kirchenglocke herbei. Als ich nach Hause kam, lagen auf der Treppe zwei Briefe.

Einer von Maria. «Sei fleißig. Damit wir bald wieder zusammen sind.»

Der andere Brief war von meinem Verlag. Ein Vertragsangebot. Für mein neues Buch wurden mir zwei Monatsmieten garantiert. Zahlbar in zwei Raten. Es enthielt sämtliche Texte des Jahres neunzehnhundertneunzig. Auch die über den Weltuntergang.

Als ich Maria versprochen hatte, nur noch Bestseller zu schreiben, wußte ich natürlich, daß man keine Bestseller «schreiben» kann. Man kann nur welche «machen». Aber niemand würde von mir ein Buch «machen» wollen. Ich hatte neunzehnhundertneunzig in Unkenntnis der Spielregeln zu viele Leute vor den Kopf gestoßen. Mein Marktwert nahm rapide ab. Ich dachte fieberhaft nach, was dagegen zu tun sei. Ich spielte alle Varianten möglicher Skandale durch. Aber auch Skandale wurden «gemacht». Man würde mich nicht einmal mehr eines Skandals für würdig befinden.

Einmal, auf dem Weg ins Dorf, stand im Weißdornstrauch, kurz bevor man den ersten Blick auf die Häuser hat, ein südländisch aussehender Mann. Er stand einfach da. Ich konnte mich später nicht mehr erinnern, ob sein Gesicht einen besonderen Ausdruck gehabt hatte oder nicht. Aber daß ich mich sehr fürchtete, daran erinnerte ich mich genau.

Ein Fremder hätte vielleicht gedacht, daß dieser Mann ein Ausländer sein mochte, aber ich wußte, daß es in der Gegend solche Typen gab. Es waren die Nachfahren von Italienern, die vor hundert Jahren als Arbeitskräfte beim Tunnelbau eingesetzt worden waren. Es hatte schlimme Unfälle gegeben. Traf es Italiener, brauchte man den Hinterbliebenen nicht in die Augen zu sehen. Als ich vom Dorf zurückkam, sang ich laut, um mir Mut zu machen. Aber der Dunkelhaarige war verschwunden.

Am nächsten Morgen, noch in der Dämmerung, ging der Hauswirt zur Jagd. Ich wünschte aus dem Fenster «Weidmannsheil!» Eigentlich war der Hauswirt Ingenieur. Jetzt war er arbeitslos. Im Herbst würde er kaum noch das Geld aufbringen, um sich als Pächter an der Jagd zu beteiligen. Er würde sich wieder wie seine Vorfahren auf das Wilddieben verlegen müssen. Als es richtig hell war, gegen halb sechs, klingelten zwei Polizisten und fragten, ob hier ein Mann vorbeigekommen sei, sie suchten jemand. Ich war nicht bereit, irgendeine Auskunft zu geben. Die Polizisten sagten, wir sollten ein bißchen vorsichtig sein.

Hätte ich erklären sollen, was ich in dieser Gegend suchte, ich wäre in Verlegenheit geraten. Wahrscheinlich hätte ich das Vertraute der Landschaft angeführt. Denn in dieser Zeit, in der es keinen festen Punkt mehr gab, in der man von den Strudeln um und um gerissen wurde, brauchte man einen Ort, der zu einem gehört.

Aber eigentlich wußte ich keinen Grund. Mein Gefühl hatte mir gesagt, es sei an der Zeit, hierherzukommen. Und nachdem mein Verstand mir soviel eingebrockt hatte, war ich eher bereit, meinen Eingebungen zu folgen.

Ich wanderte umher. Manche Wege waren durch Windbruch unbegehbar geworden oder einfach zugewachsen und in Vergessenheit geraten. Manchmal kam ich mir einheimischer als die Ortsansässigen vor. Während bei ihnen die Gegenwart alles überdeckte, erlebte ich eine seltsame Gleichzeitigkeit der Ereignisse. Selbst solcher, die ich nur aus Überlieferungen kannte. Das Beständigste waren die Steine. Wälder waren der Säge zum Opfer gefallen. Kümmerliche Schonungen von damals standen heute gut im Holz. Es gab Gegenden, die ich für mich neu entdeckte. Sie hatten im gesperrten Grenzgebiet gelegen.

Seit die Grenze gefallen war, hatte sich die Topographie der Landschaft verändert. Es war, als hätten sich die Gedanken früher nur in zwei Himmelsrichtungen bewegt. In den anderen beiden, in denen man die Grenze wußte, brachen die Vorstellungen von einem bestimmten Punkt an ab. Man hatte das Gebiet zur inneren Tabuzone erklärt.

Auch die Menschen veränderten sich. Nun konnte man ohne Angst durch die Gegend wandern. Ohne von mißtrauischen Blicken beobachtet zu werden. Ohne das Hundgekläff aus dem Grenzstreifen. Die Gegend schien plötzlich heiterer zu sein. Man bemerkte kaum noch etwas von den Grenzanlagen, wenn man von Thüringen nach Bayern wechselte.

Eines Tages fand ich einen grünblau schimmernden Waldsee, der von Schieferhalden mit niedrigem Birken- und Fichtenbewuchs umgeben war. Das Wasser war klar, doch schon in kurzer Entfernung vom Ufer sah man keinen Grund mehr. Es konnte nur der Schieferbruch sein, der meinem Vater gehört hatte. Es war vollkommen still und einsam. Die Sonnenstrahlen brachen durch einen verhangenen Himmel. Die Luft stand ohne eine Bewegung, wie vor einem Gewitter. Ich legte meine Kleider ab. Das Wasser preßte sich wie ein eisiger Ring um meinen Brustkorb.

Ich tauchte so tief ich konnte. Diesem Schiefer oder vielmehr dem Geld, das mein Vater damit verdient hatte, verdankte ich das Leben. Denn mein Vater war für vorsorgende Planung gewesen. Ich habe keinen anderen Menschen getroffen, der so auf Sicherheit bedacht gewesen wäre und dessen Lebenspläne von den Zeitläuften so durcheinandergewirbelt wurden. Mein Vater glaubte an Recht und Ordnung. Ein Kind, das in Deutschland nicht studieren und auch nicht heiraten durfte, mußte man wenigstens in die Schweiz schicken können. Ich hatte diese prosaische Entstehung immer als kränkend empfunden. Nun, da ich den Ort so schön fand, war ich mit dieser Geschichte versöhnt.

Als ich den Kopf wieder in die Luft streckte und mit einem heftigen Schnauben einatmete, flog plötzlich, wie ein Wurfgeschoß, eine kleine Schieferplatte an mir vorüber, hüpfte zweimal auf der

Wasseroberfläche und ging dann unter. Wer diesen Stein geworfen hatte, der konnte es nicht in guter Absicht getan haben. Ich sah über die Hänge. Linker Hand hörte ich Geröll rutschen. Es war mir, als verschwände ein Schatten in dem Einschnitt, durch den man den Bach umgeleitet hatte, um den Tagebau zu füllen. Aber es konnte auch eine Täuschung sein. Mit wenigen Stößen schwamm ich ans Ufer, wo ich große Mühe hatte, mich hochzuziehen, weil der Schiefersplitt so lose lag, daß ich keinen Halt fand. Das Herz klopfte mir bis zum Halse. Als ich es endlich geschafft hatte, packte ich meine Sachen und zog mich in eine Nische unter einer Birke zurück, in die man nur sehr beschränkte Einsicht hatte. Ich saß lange da und lauschte. Wenn sich jemand in der Nähe bewegt hätte, der rutschende brechende Schiefer mußte ihn verraten. Aber es blieb alles still.

Von der Mutter des Hauswirts erfuhr ich, daß ein Mann seinen Bruder übel zugerichtet hatte und daß dieser Mann seither verschwunden war. Ich fragte die Hauswirtin, ob der Mann wie ein Italiener aussähe. Sie bejahte. Er sei arbeitslos und schon vor der Wende nicht ganz richtig gewesen.

Maria teilte mir brieflich mit, sie habe einen Wessi kennengelernt. «Nicht, was Du so denkst. Das weißt Du doch.» Schrieb Maria. Der Wessi habe ihr einen Geheimtip gegeben. Eine Insel. «Gleich neben Afrika.» Sicher wüßte ich, welche gemeint sei. Ob wir uns trotz Indien auch noch diese Insel leisten könnten. «Stell Dir vor, wir beide da unten in der Sonne. Und die langen Gesichter daheim.»

Maria war nicht davon abzubringen, daß die «roten Bonzen» sich alle vor der Wende noch schnell «saniert» hätten. Und bei diesem Gedanken geriet sie jedesmal in Wut. Bei mir hätte sie gern eine Ausnahme gemacht. Wenn ich dann beteuerte, daß ich wirklich nichts auf der hohen Kante hätte, wurde sie erst recht wütend und sagte: «Du paßt zu denen wie ein bunter Vogel zu einer Spatzenschar.»

Maria hatte es schwerer als ich. Ich hatte dem Kapitalismus nie getraut. Er war für mich nur das kleinere der großen Übel. Meinen Traum von mehr Gerechtigkeit hatte ich schon lange begraben müssen.

Maria hatte von Freiheit geträumt. Und nun merkte sie plötzlich, daß es eine Freiheit war, die etwas kostete. Und daß sie den Preis nicht bezahlen konnte. Ich brachte es nicht über das Herz, der reitende Bote mit der schlechten Nachricht zu sein.

Ich schrieb: «Aber ja, liebe Maria. Du weißt doch, ich bin zu allem bereit. Sogar dazu, mich umwandeln zu lassen. Obwohl ich das sehr schade fände. Hauptsache, Du schickst den Wessi auf der Stelle zum Teufel.»

Ich hatte Abstand zu dem Dorf und seinen Bewohnern gehalten. Ich wollte mich selbst ertragen. Nach drei Tagen hatte ich genug von mir und machte mich in einer Art Panik auf den Weg zu Maria. Nach fünfzig Kilometern besann ich mich und kehrte um. Allmählich gewöhnte ich mich ein.

An dem Tag, an dem es so stark hagelte, daß die Schafe im Pferch vor Schmerzen hin und her sprangen und nach einer halben Stunde die Wiese noch immer von Eiskörnern bedeckt war, beschloß ich, den Lehrer zu besuchen.

Der Lehrer und ich, wir hatten einander nie leiden mögen. Mit dem Unterschied, der Lehrer hatte die Macht gehabt und ich große Schwierigkeiten, den unausweichlichen Anforderungen der Welt neben meinen Phantasien den gebührenden Platz einzuräumen.

Fast alle Dorfbewohner waren einmal seine Schüler gewesen. Er gehörte zu den Erinnerungen der Menschen. Die meisten gaben zu, daß sie ein bißchen Angst vor ihm gehabt hätten. Aber dann sagten sie schnell: Er war ein guter Lehrer. Irgendwie gehörte das für die Leute zusammen. Seit seinem Schlaganfall vor fünfzehn Jahren verließ der Lehrer das Zimmer nicht mehr. Er glaubte, dies für seine Schüler tun zu müssen. Denn im Rollstuhl hätte er unweigerlich an Autorität eingebüßt. Unter seiner Leitung war die Schule aus einer mit vier Klassen zu einer mit zehn Klassen geworden. Das rote Backsteingebäude ähnelte einem nachträglich erweiterten Bienenkorb. Nun wurde die Schule geschlossen.

Der Lehrer war über die Vorgänge im Dorf gut unterrichtet. «Es mußte sein.» Seufzte er.

«Es», das war das Unfaßbare, das Unausweichliche, für das es keinen Namen gab. Das jetzt in aller Munde war. «Es» stand für etwas, dem man sich stellen mußte, wollte man nicht hoffnungslos zurückbleiben.

Der Vorgänger des Lehrers war auch ein guter Lehrer gewesen. Ehe er neunzehnhundertfünfundvierzig fristlos entlassen wurde. Er war Ortsgruppenleiter der Nazipartei. Trotzdem tauschte er mit meinem Vater die neuesten Meldungen von Radio London aus.

«Wie bitte?» fragte der Lehrer, der schwerhörig war und mich schlecht verstand.

«Ich erinnere mich, wie dein Vater immer zu uns ins Forsthaus kam, wenn es ihm im Dorf nicht geheuer zu sein schien. Keine leichte Zeit für deinen Vater, damals, als das mit den Juden war. Er kam durch den Hintereingang und sagte, es brauchte niemand zu wissen, daß er dagewesen sei.» Sagte die Lehrersfrau.

Mein Vater wollte ein guter Deutscher sein. Er wählte «deutschnational» und war Mitglied einer Organisation, die sich «Stahlhelm» nannte, bis er wegen seiner jüdischen Mutter nicht mehr «tragbar» war. Meine Mutter war erbost, daß sie nicht Mitglied der Frauenschaft werden durfte, obwohl die Frauen vom Dorf ihr sogar den Posten der Vorsitzenden angetragen hatten. Was ihr, wie sie glaubte, zustand, denn meine Mutter war eine energische Person, die ein angeborenes Talent hatte, Macht auszuüben.

Die Frau des Lehrers brachte die alte Schulchronik. «Interessiert heute keinen mehr», sagte der Lehrer und sah zu, wie ich in dem Heft blätterte. Die Schüler hatten eine Feier zu Stalins Geburtstag mit Liedern und Gedichten umrahmt. Der alte Streubaum auf dem Anger mußte fallen. Ein Kind meines Namens war «Vorsitzender des Friedenskomitees» geworden.

Ich dachte, daß nicht einmal der Lehrer gewußt haben mochte, was es mit dieser Funktion auf sich hatte. Ich war sehr verlegen gewesen. Später gewöhnte ich mich an derartige Verlegenheiten.

In meinen Aufsätzen erklärte ich meine Bereitschaft, für die Einheit Deutschlands zu kämpfen. Ich war begabt. Ich lernte, daß es Versprechungen gab, die gute Zensuren einbrachten, die aber niemand ernst nahm. Es bestand keine Gefahr, daß man beim Wort genommen wurde.

Im Radio sagte der Sprecher, die Brüder und Schwestern im Osten sollten ausharren, das System hätte spätestens in einem halben Jahr abgewirtschaftet. Für mich war es schwierig, zu entscheiden, wo die Brüder und Schwestern aufhörten und das System anfing, das abwirtschaften sollte.

«Das sind alles ehemalige Nazis.» Sagte meine Mutter. Und meinte die Rundfunksprecher.

In der Schule erfuhr ich, daß Kommunisten furchtlos waren, weil sie den rechten Glauben hatten. Dieser Gedanke machte ihnen notfalls sogar das Sterben für «die Sache» leicht.

In den Gesprächen meiner Eltern gab es zweierlei Kommunisten. Die einen, die gegen die Nazis gewesen waren, und die anderen, die den Leuten alles wegnahmen. Zum Beispiel das Radio, mit dem der Vater immer «London» gehört hatte. Die meisten, die sich als Kommunisten ausgaben, waren gar keine, sondern Zugereiste, die irgendeine dunkle Vergangenheit verbargen.

Wenn ich mir die «wahren» Kommunisten vorstellte, hatte ich das gleiche fromme Gefühl im Bauch, wie wenn ich an Jesus dachte.

«Komm wieder», sagte die Frau des Lehrers, als ich mich verabschiedete.

«Am Aufrollen mancher alten Geschichte ist niemand mehr interessiert. Überhaupt niemand. Die Leute haben heute genug Sorgen.» Sagte der Lehrer.

Als ich begriffsstutzig schwieg, fuhr er fort: «Du kennst doch das Dorf! Wenn einer, oder sagen wir eine, kommt und seit Wochen das Dorf um..., sagen wir umwandert und allen aus dem Weg geht, das gibt Gerede. So sicher wie das Amen in der Kirche.»

Ich wollte etwas erwidern. Aber ich merkte, er war von unserem Gespräch ermüdet.

Ich mochte den Lehrer, als ich wegging. Wir waren uns einig: Alles, was geschah, war noch ein Glück, gemessen an dem, was hätte geschehen können. Ich ging bergan und war einen Moment begeistert, von mir, von dem Lehrer und von uns allen, die wir als Muster für Einsichtigkeit gelten konnten.

Ich weiß nicht, wieso die Gewitter über dem Dorf besonders effektvoll verliefen. Vielleicht ergab sich durch Hanglage und Fluß eine Thermik, die bewirkte, daß sich Gewitter, hatten sie sich erst einmal dahin verirrt, kaum noch von der Stelle rührten.

Sie hielten sich nicht nur lange auf, sondern boten auch ihr ganzes Repertoire feil. Bald waren die Zimmer in bläuliches Licht getaucht. Bald fuhren aus den Steckdosen und aus den Zacken des Bronzekronleuchters im Eßzimmer mit unangenehmem Knacken Funkenbüschel heraus. Meine Mutter behauptete sogar, sie habe einen Kugelblitz dabei beobachtet, wie er von Dach zu Dach sprang. Mein Vater sprach jedesmal von den Erzadern, die es geben mußte. Gelegentliche Besucher beteuerten, dieses Schauspiel sei zwar beeindruckend, aber in Zukunft würden sie doch lieber darauf verzichten. Auf den Höhepunkten solcher Naturdarbietungen erschien Eberhard, der sein Zimmer im Turm hatte, mit seinem Bettzeug unter dem Arm und erntete eine Menge Spott. Alle waren froh, von der eigenen Angst ablenken zu können.

Meine Verwandtschaft mit Eberhard Rank ging um drei Ecken. Wir hatten einen gemeinsamen Urgroßvater. Unsere Großväter waren Brüder. Eines Tages hatte mein Großvater von seinen Verwandten einen Familienstammbaum zugesandt bekommen. Der Ast, der ihm zugeordnet war, endete mit seinem Namen. Nachdem sein Einwand, er habe einen Sohn, auf höfliche, aber klare Nichtbeachtung gestoßen war – seine Frau, die Mutter dieses Sohnes, war Jüdin –, beschloß er, sich von der Sippe abzuseilen und selbst Gründer eines neuen Geschlechts zu werden. Diese Geschichte kannte ich natürlich schon lange. Begleitet von Kommentaren der Eltern zu des Großvaters unsinnigem Umgang mit Geld. Kinder haben für die «Torheiten» ihrer Eltern nie Verständnis. Wenn über mich gesagt wurde: «Ganz der Großvater!», so war das durchaus kein Lob.

Ein neues Geschlecht brauchte einen Stammsitz. Also kaufte mein Großvater das alte Gutshaus und ließ über den achthundertjährigen Grundmauern ein Schloß mit Turm, Erker und Zinnen errichten. Für die «daranhängende» Landwirtschaft bestellte er einen Verwalter. Denn von dem Sohn, um den es eigentlich ging, hielt er in Wirklichkeit nicht viel.

Der Sohn, der auch eine romantische Veranlagung hatte, aber zwischen Gefühl und Geschäft wohl zu trennen wußte, und für den das Geschäftliche die notwendige Basis bildete, die funktionieren mußte, damit sich jemand den Luxus von Gefühlen leisten konnte, dieser Sohn, der später mein Vater wurde, begann mit dem mütterlichen Erbteil einen Schieferbergbau zu betreiben. Und als er genug Geld verdiente, um später ein Kind in die Schweiz schicken zu können, fielen die Würfel für mich.

Es ist aber viel Zeit vergangen, ehe ich in die Schweiz gekommen bin. Das war im Jahr nach der Revolution. In diesem Jahr lud man mich andauernd dorthin ein. Ich weiß nicht, warum sich die Schweizer gerade damals so für mich interessierten. Wahrscheinlich waren sie ein bißchen beunruhigt von dem, was im Norden vor sich ging, und wollten sich einen Beteiligten ansehen, um zu prüfen, ob wir noch bei Verstande waren. Als ich auf dem Flugplatz in Zürich angekommen war, hatte ich Alexander getroffen. Wir fuhren mit dem Zug in die Berge.

Es gibt Menschen, mit denen man in den Bergen wandern kann, und solche, von denen man sich gar nicht vorstellen kann, was sie dort sollen. Bei solcher Bewertung schnitt Alexander sehr gut ab. Nicht einmal Maria konnte mit ihm konkurrieren.

Gerade als ich im Speisewagen entdeckt hatte, daß die Speisekarte harmlos mit dem Wort «Spielregeln» begann und sich zum Ende hin bis zu dem Wort «Bahnpolizei» steigerte, bemerkte ich, daß der unangenehme Typ von der anderen Seite des Waggons, der sich die ganze Zeit mit seiner Kamera beschäftigt hatte, diese nun auf uns gerichtet hielt.

Es schien Leute zu geben, die aus meinen Reisen die falschen Schlüsse zogen. Mich beunruhigte solche Aufmerksamkeit ein bißchen. Es gehörte schon eine gewisse Borniertheit dazu, anzunehmen, mir würde jemand Gelder anvertrauen, damit ich sie in Sicherheit brächte. In diesem Punkt gleicht jedoch ein Geheimdienst ganz einem Menschen. Nichts nimmt er anderen so übel wie seine eigene Dummheit.

Neunzehnhundertachtunddreißig, als ich geboren wurde, wohnten meine Eltern schon nicht mehr im großen Haus, sondern im Nebengebäude über dem Kuhstall. Denn eins hatte mein Großvater nicht bedacht: die Effizienz der Deutschen, wenn sie sich etwas in den Kopf setzten. Dabei hatten sie kein Blatt vor den Mund genommen, was ihre Absichten betraf. Mein Großvater, der nie krank gewesen war, legte sich eines Tages, noch vor meiner Geburt, ins Bett und starb an Lungenentzündung. Bis zuletzt hatte er an die Unerschütterlichkeit der Weltordnung geglaubt. Sein Testament enthielt die Festlegung, sein Sohn und dessen Abkömmlinge dürften hundert Jahre an der Einrichtung des Hauses nichts verändern. Doch dieser Sohn, mein Vater, konnte gar nichts verändern, weil er als Erbe nicht in Frage kam. Denn dazu hatte seine Mutter nicht das rechte Blut.

Zur Beerdigung des Großvaters tauchte plötzlich dessen älterer Bruder auf, von dem man seit Jahren nichts gehört hatte, und der pochte auf sein Recht. Der Schieferbruch wurde bei Kriegsausbruch stillgelegt. Es stand schon fest, daß der Onkel meines Vaters bei Kriegsende auch darauf Ansprüche erheben würde.

Doch die Geschichte ging anders aus, als der Onkel gedacht hatte. Mein Vater lief den amerikanischen Soldaten entgegen und sagte: «How do you do?» Und war stolz auf sein Englisch. Aber das sollte ihm bald nichts mehr nützen. Denn eines Tages zogen die Amerikaner ab, und die Russen kamen.

Die Russen sorgten dafür, daß alle Bodenschätze enteignet wurden. Mein Vater wäre nie auf die Idee gekommen, nachträglich die Mißachtung, die dem Testament seines Vaters widerfahren war, anzufechten. Rechtsstaat war Rechtsstaat. Es war nach damaligem Gesetz entschieden worden. Sein Onkel, der Bruder meines Großvaters, starb kurz nach Kriegsende. Vorher hatte er seine Tochter aus Westberlin zu sich beordert, und die brachte ihren Sohn Eberhard mit, der von nun an bei uns blieb. Seine Mutter tauchte in unregelmäßigen Abständen im Dorf auf. Sie mußte etwas im Schilde geführt haben. Eines Abends gab es einen fürchterlichen Streit. Mein Vater, der ein ruhiger Mensch war, schrie in einer Tonlage, die ich noch nie bei ihm gehört hatte. Es fielen die Worte «Flittchen» und «Spionin». Und die Drohung: «Ich zeig dich an!» Daraufhin verschwand diese Cousine auf Nimmerwiedersehn, ließ aber ihren Sohn Eberhard als Alleinerben zurück. Mein Vater wurde sein Vormund und verwaltete den Hof, bis dieser in eine Produktionsgenossenschaft eingebracht wurde.

Die Felder von Eberhard Rank gediehen hervorragend. Die Wintergerste stand vierzeilig im Schmuck ihrer langen Grannen. Mit schweren blaugrünen Körnern bog sich der Hafer im Wind. Vetter Eberhard arbeitete von Sonnenaufgang bis Sonnenuntergang. Er war über Nacht Millionär geworden. Und er wußte, daß wenigstens das halbe Dorf auf den Tag lauerte, an dem sich herausstellte, er würde es nicht schaffen.

Von Maria kamen spärliche Nachrichten, und was kam, war nicht tröstend. Maria schien mich nicht zu vermissen. Ich mußte nicht bei Sinnen gewesen sein, als ich mir diese Einsamkeit auferlegt hatte. Der Ertrag rechtfertigte diese Selbstkasteiung jedenfalls nicht. Der war jämmerlich. Zu den alten schwachsinnigen Romananfängen waren ein paar neue hinzugekommen. Das einzig Gute war, ich saß weit ab und konnte diese Werke nicht so einfach zum Vorabdruck geben. Aber darüber hinaus konnte ich der Situation nichts Positives abgewinnen. Prompt legte sich der Reifen wieder um meine Brust. Und zog sich so fest, daß ich manchmal nicht wußte, ob ich den nächsten Atemzug noch tun konnte. Es war so schlimm wie nie. Doch das dachte man jedesmal.

Aus solcher Pein heraus wäre es durchaus möglich gewesen, daß ich mich bereit erklärt hätte, Spionin für einen Geheimdienst zu werden. Gegen diesen Druck auf der Brust half nur, den Adrenalinspiegel zu erhöhen. Leider wird man mit der Zeit süchtig. Und muß den Streß steigern und steigern, um sich selbst zu entkommen.

Wäre ich Agentin geworden, dann Topagentin. Ich habe alles, was ich begann, immer sehr gründlich gemacht. Und Mathematik lag mir vielleicht noch ferner als Spionage.

Um aber ehrlich zu sein, für die konspirative Arbeit war ich so ungeeignet, daß jeder Geheimdienst, der seine Finger begehrlich nach mir ausstreckte, diese verbrannt wieder zurückzog. Ich war ungeheuer kommunikativ. Alles, was mir zustieß, wußten nach kurzer Zeit alle, die mit mir zu tun hatten. Niemand wäre auf die Idee gekommen, mir ein Geheimnis anzuvertrauen. Auch Maria nicht. Nicht einmal jetzt. Aber das beunruhigte mich nicht mehr.

Früher hätte ich jeden ausgelacht, der mir einreden wollte, ich sei für Geheimdienste von Interesse. Der höherrangige Polizist an der Pforte der Einrichtung, für die ich mich mit Mathematik abgeplagt hatte, genügte, um unsere Bedeutung zu unterstreichen. Das wichtigste Geheimnis, daß es gar kein Geheimnis gab, plauderte sowieso niemand aus. Wurde man nur ein einziges Mal schwach und räumte die Möglichkeit ein, zu dem gewissen Personenkreis zu gehören, der überwacht wurde, war kein Halten mehr. Bald verdächtigte man seinen besten Freund. Am Ende hatte dieses ganze Volk nur noch aus wichtigen Leuten bestanden. Die einen fühlten sich wichtig, weil sie überwacht wurden oder weil sie es wenigstens glaubten. Man konnte Leute ernsthaft verletzen, wenn man bezweifelte, daß ihr Telefon abgehört wurde. Die anderen hielten sich für wichtig, weil sie Leute überwachten, die durch die Überwachung wichtig wurden. So war eine Art selbsterzeugter Metawichtigkeit entstanden. Aber eines Tages gab es einen dialektischen Sprung. Und der ging für die Urheber dieses Spiels ein bißchen unerfreulich aus.

Meine innere Uhr raste. Ich hatte mir das Schlafen fast völlig abgewöhnt. Jeden Morgen fiel mir etwas Neues ein, was der Welt unbedingt mitgeteilt werden mußte. Statt an meinem «Bestseller» zu arbeiten, saß ich in aller Herrgottsfrühe am Computer und tippte meine Botschaften, die niemanden, den ich kannte, interessierten. Ich vertraute darauf, daß es mehr Leute gab, die ich nicht kannte.

Der Hauswirt machte sich in Scheune und Garten zu schaffen. Er lachte immer seltener. Morgens in der Dämmerung trieb es ihn hinaus. Bisher war er stets ohne Wildbret nach Hause gekommen. Tagsüber befehligte er seine Kinder.

Am Schotterwerk traf ich «Schwämmchen», den jüngeren Sohn meines Vetters Eberhard. Der Name Schwämmchen war ihm wegen seiner frühkindlichen Eßlust geblieben: einmal hatte er mit gutem Appetit einen Schwamm verspeist. Ich erkannte ihn zuerst nicht. Als ich ihm das letztemal begegnet war, trug er die Uniform der «Firma». Jetzt transportierte Schwämmchen mit einem Lastkraftwagen Steine für den Straßenbau. Schwämmchen nannte mich Tante und hatte immer eine gewisse Anhänglichkeit gezeigt. Obwohl wir uns in ganz unterschiedlichen Sprachen ausdrückten – seine hatte wenig Wörter und dafür viele Knurrlaute mit einem großen Informationsgehalt –, hatten wir einander immer verstanden. Bis er in jene Dienste getreten war und aus

Angst, Geheimnisse zu verraten, gar nicht mehr sprach. Nur einmal kam er vom Tanz und sagte bekümmert: «Wenn ich ein Mädchen auffordere, kann ich doch nicht fragen, ob sie Westverwandtschaft hat. Und wenn ich dann fragen kann, bin ich vielleicht schon verliebt.» Jetzt hatte er Frau und vier Kinder und fuhr Steine im öffentlichen Dienst. Im Zuge der neuerlichen Säuberung war ihm bereits seine Entlassung angekündigt.

«Drüben fragen sie nicht, was einer gemacht hat. Drüben zählt nur, was einer bringt.» Sagte Schwämmchen. Und daß es, so gesehen, ein Glück sei, im ehemaligen Grenzgebiet zu wohnen. Schwämmchen war jung, hatte kräftige Muskeln und schreckte vor keiner Arbeit zurück. Ich stand da mit meinen vielen schönen Wörtern und wußte nichts zu sagen. Jeder Satz wäre irgendwie falsch gewesen. Ich drückte ihm die Hand und versprach, daß ich ihn besuchen würde. Und merkte plötzlich, wie ich zu seiner Sprache überwechselte. Was an sich kein Wunder war. Schließlich stammte ich aus der Gegend.

Meinem Vetter Eberhard Rank war ich schon mehrmals begegnet. Verschob aber einen Besuch immer wieder. Bis ich eine förmliche Einladung zum Kaffee bekam.

Ich hatte nichts gegen meinen Vetter. Im Gegenteil. Ich wünschte ihm das Beste. Bevor mein Vetter damals zu uns gekommen war, hatte er in einem Kinderheim gelebt. Er hatte noch nie ein Familienleben kennengelernt und entwickelte nun eine starke Bindung an meine Mutter. Meine Mutter war, im Gegensatz zu meinem Vater, gar nicht einverstanden gewesen, daß die Erbschaftsgeschichte nach dem Krieg unkorrigiert blieb. Eberhard blieb nur deshalb relativ ungeschoren, weil er keinen ernstzunehmenden Gegner abgab. Mein Vater versuchte eine Weile, aus Eberhard einen «richtigen Menschen» zu machen, aber ihm gegenüber erwies sich der Junge als verstockt. Eines Tages war er über alle Berge.

Auf einer Parteikonferenz war der Aufbau des Sozialismus verkündet worden. Mein Vater hatte sich entschlossen, die Landwirtschaft an den Nagel zu hängen und endlich einmal wie ein Beamter zu leben. «Lieber weniger Geld, aber ohne Sorgen.» Der Junge, damals zwanzig Jahre alt, der als Bauer in die neugegründete Produktionsgenossenschaft eintreten sollte, hockte aber in Westberlin und war drauf und dran, in die Fremdenlegion zu verschwinden. Nur unter der ausdrücklichen Zusage, über den Traktor frei verfügen zu dürfen, kam er zurück.

«Ein Traktorfahrer!» Sagte mein Vater. «Und dabei gehört diesem Schwachkopf der ganze Hof. Und das Haus. Wenn es mal anders kommt, ist schon allein das Haus Gold wert. Man könnte daraus ein Hotel machen.»

Aber vorläufig kam es nicht anders.

Mein Vetter war vor allem ein ängstlicher Mensch. Auf dem Traktor fühlte er sich sicher. Mit jemandem, der einen Traktor befehligte, konnte man

nicht so umgehen wie mit einem, den man eben-
erdig vor sich hat.

Mein Vetter sah übermüdet aus, aber die Verunsi-
cherung, die in den letzten Jahren sein Gesicht ge-
prägt hatte, war verschwunden. Ich staunte, wie sich
die Gesichter veränderten, wenn sich die Verhält-
nisse änderten. Er hatte plötzlich jenen Ausdruck
der Entschlossenheit im Gesicht, den mein Vater
einst hineinerziehen wollte.

«Kannst du uns verraten, was dich hier umtreibt?»
Fragte die Frau meines Vetters. Und plötzlich än-
derte sich der Ton. Das Gespräch bekam etwas von
einem Verhör.

«Du solltest auf deinen Ruf achten.» Sagte mein
Vetter.

«Wer ist eigentlich Alexander?» fragte er weiter,
als ich nicht antwortete. Doch es war keine Frage.
Eher klang es wie eine Drohung. Das Gesicht seiner
Frau bekam etwas Lauerndes.

«Welcher Alexander. Ich kenne keinen Alexander.» Erwiderte ich.

In diesem Moment hatte ich große Sehnsucht
nach Alexander.

Die wilde Kamille schoß ins Kraut. Die Weidenrös-
chen leuchteten vom Waldrand. Ein Duft nach
Staub, Quendel und Schafgarbe lag über dem Land.
Der Fuchs holte ein Huhn.

Die Frau des Hauswirts stieg am Morgen zehn vor

sechs in den Trabi und fuhr zur Arbeit. Sie war eine kleine unscheinbare Person, die im Laufe des Sommers deutlich an Selbstbewußtsein gewann. Bis vor kurzem hatte der Hauswirt noch das gleiche Geld gebracht. Bei «Nullstundenkurzarbeit». Allein schon wegen der Erfindung eines solchen Begriffes mußte man die Neuen bewundern. In ihrer Sucht, die Leute unter Kontrolle zu halten, hatten die Alten getan, als gäbe es genug Arbeit, und sie hatten die Leute immer weiter in die Betriebe gehen lassen, wo sie natürlich jede Effektivität zum Erliegen brachten. Jetzt konnten sie sich stufenweise daran gewöhnen, daß sie nicht mehr gebraucht wurden. Der Hauswirt konnte seiner Frau gegenüber sogar noch auftrumpfen, denn er hatte alle längst fälligen Reparaturen am Haus erledigt und war dafür von seinem Betrieb bezahlt worden. Kurz bevor er dann wirklich als arbeitslos galt, wurde ihm noch ein Kursus «Wie bewerbe ich mich» mit auf den Weg gegeben, in dem ihm fürsorglich das ganze Geheimrezept des Erfolgs gratis serviert wurde. Es war nun wirklich nur seine eigene Schuld, wenn er danach keine einzige Bewerbung mehr schrieb, sondern mit finsterem Groll einherging.

Nachdem die Frau mit dem Trabi verschwunden war, nahm der Hauswirt das Gewehr und ging zum Hochsitz hinter dem Rapsfeld. Ich hörte sechs Schüsse. «Der Fuchs», sagte er verlegen, als er zurückkam. Die Leute bissen die Zähne zusammen und hörten auf, über sich zu reden. In der Kneipe krakeelte ein Alter, dem die Wirtin das nächste Bier verweigert hatte: «Aufhängen, alle aufhängen, die roten Halunken.» Gegen mich lag eine Anzeige wegen Badens in einem Trinkwasserreservoir vor.

Alexander hatte so sehr nach einem Spitzel ausgesehen, daß den Menschen der Mund offenblieb, wenn sie uns beide erblickten. Er wäre für jeden Film der geeignete «bodyguard»-Typ gewesen. Er war schlank, hatte überbreite Schultern, lange Arme und einen sehr kleinen Kopf.

Alexander gefiel mir sofort. Schon wegen des Aufsehens, das wir miteinander erregten. Ich habe vergessen, wann er bei mir aufgetaucht war. In der Zeit der Revolution ging so vieles durcheinander. Die erste Nacht, die wir miteinander verbracht hatten, saßen wir in den abgewetzten Ledersesseln und grübelten, wer wohl der Kopf dieser Mafia sein könnte, der wir beide angehörten. Später dachte ich manchmal, daß der Kopf vielleicht noch gar nicht entdeckt worden war und vielleicht nie entdeckt werden würde. Und er könnte auch ganz anderen Orts gesessen haben. Jedenfalls schienen mir alle die Leute, die sich als Kopf ausgaben, viel zu unbegabt, um dieses große Spiel gemischt zu haben.

Ich wußte nicht einmal, ob Alexander Alexander war. Für mich war sein Aussehen eher ein Gegenbeweis. Aber auch wenn er anders ausgesehen hätte, wäre das als Gegenbeweis willkommen gewesen.

Wir hatten beide allerlei zu bedenken in dieser Nacht. Ein jeder für sich. Ich wußte nicht genau, was einer wie Alexander so in sich bewegte. Wahrscheinlich war er ständig auf dem Kriegspfad.

Er kam immer, wenn ich ihn brauchte. Ich mußte ihn nicht rufen. Auf eine geheimnisvolle Weise wußte er, wann dies war. Und es wäre nur dumm von mir gewesen, wenn ich meine Lust nicht gestillt hätte. Was er sich als eine läßliche Sünde gefallen ließ. Wir lachten viel. Und manchmal sahen wir uns an und lachten auch darüber.

Die Vertreibung Alexanders war durch Maria erfolgt. Maria hatte eine Szene gemacht, wie sie kein Mann in seinem Repertoire gehabt hätte. Noch niemals hatte jemand meinetwegen Schuhe aus dem Fenster geworfen, das Küchengeschirr demoliert und vor Zorn geschrien, daß die Fensterscheiben klirrten. Ich hatte mich umgehend in sie verliebt. Alexander hatte die Durchsicht behalten. Er hatte mir zum Abschied freundschaftlich die Hand gegeben.

«Ein mieser, kleiner Denunziant.» Sagte Maria.

«Wie weit ist der Bestseller?» Fragte Maria am Telefon.

Ich stotterte etwas von ganz wesentlichen Gedanken, an denen man nicht vorbeikommen würde.

«Also hast du bisher nichts.» Sagte Maria nüchtern.

«Du unterschätzt wie immer den Ideengehalt...»

«Aber nein, Liebes.» Sagte Maria friedlich. «Ich sehe nur, daß ich die Dinge selbst in die Hand nehmen muß. Kannst du mir Geld borgen? Eine todsichere Sache. Du wirst staunen.»

Um keinen Preis wollte sie mit der Sprache heraus, worum es sich handelte. Sie sagte nur, sie sei dabei, ein Gewerbe anzumelden. Ich haßte alle Art von Milchmädchenrechnungen. Und so nahm ich mir fest vor, Maria zur Vernunft zu bringen. Ich bestand darauf, reinen Wein eingeschenkt zu bekommen. Als ich hörte, daß Maria ein Karussell kaufen wollte, brach jeder Vorsatz zusammen.

Ich schickte Maria einen Scheck. Und hoffte, daß die Bank noch zu dem mir eingeräumten Überziehungskredit stand.

Ich hasse Karussellfahren. Mir wird schon beim reinen Zusehen übel. Doch ein Karussell hatte einmal großen Einfluß auf mein weiteres Leben. Es stand eines Tages nach dem Krieg auf dem Dorfanger. Niemand konnte sagen, woher es kam, noch wo es später verblieb. Wir Kinder waren sehr aufgeregt, denn wir hatten so etwas noch nie gesehen.

Ich weiß nicht, ob es mich damals wirklich drängte, mich im Kreis bewegen zu lassen. Aber ein gleichaltriger Junge borgte mir dafür einen Groschen. Und das war für mich das eigentliche Erlebnis. Jemand gab von seinem Vergnügen ab. Ich war jemand, dem ein anderer etwas von seinem Vergnügen opferte. Ich wäre dafür sogar Riesenrad gefahren, was ich noch mehr haßte. Mein Herz muß voll davon gewesen sein, und meinen Eltern mag es merkwürdig vorgekommen sein, daß nicht das Karussell, sondern das Schuldenmachen eine solche Quelle des Glücks für mich war.

Sie erteilten mir eine Lektion über aller Laster Anfang, und ich mußte auf den Gang nach Canossa, den Groschen zurückbringen und mich bei der Mutter des Jungen entschuldigen. Ich erinnere mich, wie ich am Dorfbach stand und mit mir kämpfte. Den Groschen dahinein und lügen, alles sei auftragsgemäß erledigt? Aber ich wollte kein schlechter Mensch werden.

Ich bin überzeugt, in solchen Momenten der Kindheit fallen Entscheidungen für ein ganzes Leben. Hätte ich damals den Groschen nicht zurückgebracht, ich wäre ein anderer Mensch geworden. Vielleicht hätte ich meinen Gefühlen mehr getraut.

Am Morgen leuchtete der Himmel über dem schwarzen Wald jenseits des Flusses in den Flammentönen des Violetts. Ein Nebelband lag über den Windungen des Tales. Da tauchte in aller Herrgottsfrühe ein Jeep zwischen Raps und Gerste auf. Mein Vetter lud mich zu einer Spazierfahrt ein.

«War es nicht etwas voreilig, freischaffend zu werden?» Fragte er.

«Jedenfalls besser, als sich sein eigenes Grab schaufeln zu müssen.» Erwiderte ich. Und dachte daran, daß ich die Neuausschreibung meines Lehrstuhles selbst formulieren müßte.

«War es nicht voreilig, sich selbständig zu machen?» Fragte ich zurück.

«Nein.» Erwiderte mein Vetter. «Aber es sind noch immer dieselben Leute, die mir Schwierigkeiten machen.»

Einmal war mein Vetter verhaftet worden. Die Genossenschaft, der er angehörte, war für gute Erfüllung des Milchsolls bekannt gewesen. Eigentlich lautete das Produktionsziel: Ohne Futter viel Milch. Da diese Rechnung schlecht aufging, hatte man Beziehungen zu einer Frau hergestellt, die Macht über Melasse hatte. Melasse war ein Abfallprodukt der Zuckerindustrie. Der Staat sah diesen Stoff lieber in Schnaps verwandelt als in Milch, weil Schnaps stabilisierender für Ökonomie und Politik war. Im Unverständnis solcher grundlegender Zusammenhänge zweigten die Genossenschaftler mit Hilfe der Melasseverantwortlichen hin und wieder einen Waggon dieses süßen Stoffs für das genossenschaftliche Rindvieh ab. Natürlich mußte der Dame, die ja nicht ohne eigenes Risiko handelte, die Hilfsbereitschaft vergütet werden. Die erforderlichen Mittel beschaffte man sich, indem der Brigadier Heu, das es gar nicht gab, an die Genossenschaft verkaufte. Oder indem der Vorsitzende sich zum Schein eine Prämie auszahlte. An sich hätte die Frau einen Orden verdient, denn sie hatte mehr von Ökonomie begriffen als diejenigen, die im Land darüber das Maul aufrissen. Sie brachte Rudimente der Marktwirtschaft zur Geltung. Und nicht nur den westlichen Milliardenkrediten, sondern auch solchen Leuten ist es zu verdanken, daß wir uns so lange über Wasser halten konnten. Doch die Frau wäre an einem Orden höchstwahrscheinlich nicht interessiert gewesen. Ihre Ansprüche stiegen. Und eines Tages brauchte sie einen neuen Mann. Das verärgerte den alten ein wenig. Als er auch noch bei der Teilung des Vermögens schlecht wegkommen sollte, enthüllte er den Quell des Reichtums.

Da die Kriminalpolizei mit solchen Fällen überlastet war, wurde es eine Angelegenheit der Staatssicherheit. Deren Macht beruhte nicht darauf, daß sie alles wußten, sondern darauf, daß sie den Glauben verbreiteten, sie wüßten alles. Mein Vetter legte ein umfassendes Geständnis ab. Die anderen gaben nur zu, was man ihnen nachweisen konnte.

Seitdem hatte mein Vetter einen schweren Stand. Sein Absturz hatte sich darin ausgedrückt, daß er vom Parteisekretär der Genossenschaft zum Parteisekretär des Dorfes degradiert wurde.

In der Nähe des Schieferbruchs war der Fichtenbestand besonders dicht. Der Wald hatte etwas Düsteres, Unheimliches. Die Stille wurde auch diesmal nur vom Plätschern des umgeleiteten Baches, der den Tagebau mit Wasser anfüllte, durchbrochen.

Die Schönheit des leuchtenden türkisfarbenen Sees in der dunklen Umgebung überwältigte mich wie beim erstenmal.

«Weißt du eigentlich, was da unten alles liegt?» Fragte mein Vetter.

«Eine alte Grubenlok.» Erwiderte ich.

Mein Vetter wollte etwas sagen, schwieg dann aber und kletterte über die Halde. «Hier liegt der eigentliche Wert des Ganzen.» Sagte er. Nach einer kleinen Pause fragte er: «Hat dein Vater darüber gesprochen, warum er hier so fluchtartig alles aufgab?» Wir kamen an eine Stelle, da war die Halde aufgewühlt, als hätte jemand mit dem Abbau begonnen.

Mein Vetter, der beobachtet hatte, wie es in meinem Gesicht arbeitete, schien vorerst von der Wirkung unseres Gesprächs befriedigt. Er lud mich ein, seinen neuen Swimmingpool zum Baden zu benutzen, damit ich nicht wieder in die Verlegenheit geriete, in ein Trinkwasserreservoir zu tauchen.

Ich empfand in diesem Moment nichts als eine panische Angst.

Die Tage waren plötzlich kürzer geworden. Die Schatten der Wolken zogen über das Blaugewell der Hügel. Mit matten Brauntönen lagen die Felder wie Tücher in der Landschaft. Der Raps verbreitete einen strengen Geruch. An dem einzigen Tag dieses Sommers, an dem es von morgens bis abends regnete, kam Maria.

Sie war noch nicht zur Tür herein, da packte ich schon ein Bündel alter Manuskripte und schwenkte es ihr entgegen.

Maria hob abwehrend die Hand und sagte: «Aber doch nicht jetzt.»

Wieder war diese Anfangsfremdheit zwischen uns. Und wir gerieten in Streit. Es war immer das gleiche. Ich entrüstete mich über eine Unredlichkeit der Neuen. Wobei Maria mir ins Wort fiel und sagte: «Aber die Alten...» Worauf ich sagte, die stünden jetzt nicht zur Debatte. Das sei längst fünfundfünfzigmal abgearbeitet und geklärt. Daraufhin nannte Maria mich eine «wehleidige SED-Struktur». Ich sah nicht ein, warum ich mir das bieten lassen sollte. Wir stritten uns zwei Tage lang. Es gab Momente, da kauerte Maria hinter einer Sessellehne und zitterte am ganzen Leib. Dann warf ich alle Logik über Bord, nahm sie in den Arm und ließ mich beschimpfen.

Ich wußte von Maria nur, daß sie in Kinderheimen gearbeitet hatte und daß einmal etwas Schlimmes passiert sein mußte, so daß sie anschließend keine Arbeit mehr bekam. Sie wußte mehr über die Hintergründe der Wende, als einer normalerweise wußte. Hin und wieder litt sie an depressiven Anfällen, die so gar nicht zu ihrer sonstigen Wesensart paßten.

Am dritten Tag hatten wir uns wieder aneinander gewöhnt.

«Deinen Scheck kannst du vergessen und das Karussell gleich mit.» Sagte Maria.

Die Bank hatte mich nicht mehr als kreditwürdig eingestuft. Die Karussellverkäufer hatten sich als Betrüger entpuppt.

Sie versuchte dahinterzukommen, was mich hier festhielt.

«Natürlich ist es hier schön», sagte sie und warf einen schnellen Blick über die Landschaft. «Aber das Quartier ist zu teuer.»

Jedoch der Anblick des Schieferbruchs überwältigte dann sogar Maria. «Habe ich dir zuviel gesagt?» fragte ich, als wir an dem See standen.

«In solchen Dingen untertreibst du immer.» Erwiderte Maria. «Und das gehört alles dir?»

«In einem gewissen Sinne – ja.» Sagte ich etwas vage.

«Wir werden uns eine Ausrüstung besorgen müssen.»

«Was denn für eine Ausrüstung?»

«Eine Taucherausrüstung, was denn sonst.»

«Aber es ist ein Trinkwasserreservoir.»

«Wir werden doch in unserem Steinbruch machen können, was wir wollen.» Sagte Maria.

«Schieferbruch!» Korrigierte ich.

Wir stiegen auf die Halde.

«Das geht aber nicht!» sagte Maria an der Stelle, wo man deutlich Spuren neuerer Betätigung sah. «Dagegen mußt du etwas unternehmen. Versprich mir, daß du etwas tust.»

Als Leiter eines sozialistischen Kollektivs hatte ich die Erfahrung gemacht, daß es vollkommen sinnlos war, sich gegen die sinnlosen Anforderungen einer Obrigkeit zur Wehr zu setzen. Aber es war ebenso selbstzerstörerisch, sie ernst zu nehmen. Ich schaute Maria zärtlich an und sagte ergeben: «Natürlich, du hast ganz recht, Maria. Das geht wirklich zu weit.»

Maria blinzelte mißtrauisch und setzte sich seufzend auf die warmen Schieferplatten. Himbeeren reiften am Hang. Die Luft flimmerte. Der Himmel war blaßblau und weit.

«Vor diesem Rank mußt du dich vorsehen.» Sagte Maria. «Niemals würde ich mit dem allein hierherfahren. Hier verschwindest du einfach schieferbeschwert im Wasser. Der hat nicht nur ein Motiv, dich verschwinden zu lassen. Denn eigentlich gehört ja alles dir.»

Wieder ließ ich diese Abweichung von der Wahrheit zu, denn ich war froh, daß Maria friedlich gestimmt war.

Ich sagte: «Er hat meiner Mutter immer einen Groschen aus der Tasche gestohlen. Und für den Groschen habe ich auf dem Heimweg von der Schule grüne Waldmeisterlimonade getrunken.»

«Na und?» Fragte Maria.

«Nichts weiter.» Sagte ich.

«Wenn du willst, stehle ich für dich auch.» Sagte Maria.

In diesem Moment sah ich es. Etwas Aufgedunsenes, Unheimliches schwamm in einiger Entfernung im Wasser, und ich glaubte kurzzeitig, deutlich die Finger einer Hand zu sehen. Aus irgendeinem Grund war ich überzeugt, daß es die Leiche des «Italieners» war.

58

Maria blickte in die gleiche Richtung. Ihre braune Gesichtshaut sah ganz grau aus.

«Komm!» sagte sie und zog mich durch das Himbeergestrüpp.

Wir gingen im schnellen Schritt. Ohne zu sprechen. Erst als wir den Wald hinter uns ließen und die Landstraße erreichten, hielten wir inne. Wir hatten das gleiche gesehen, aber trotzdem waren wir uns nicht sicher, ob wir nicht doch Opfer einer Täuschung geworden waren. Maria schlug vor, wir sollten das Ganze einfach vergessen und die Gegend eine Weile meiden. Ich bezweifelte, daß eine Leiche im Trinkwasser so überaus wünschenswert war. Maria aber gab zu bedenken, wie sehr wir uns blamieren würden, wenn wir wirklich einer Täuschung unterlegen wären.

Auf dem Feld am Hang oberhalb der Straße löste sich eine der großen Rollen aus gepreßtem Stroh, die dort lagerten. Sie rollte mit wachsendem Tempo geradewegs auf uns zu. In solchen Momenten kann ich blitzschnell das letzte Dopamin in meinem Kopf mobilisieren. Ich sprang zurück und riß Maria mit mir. Die Rolle rauschte über die Straße und auf der anderen Seite weiter über das abschüssige Feld.

Das war alles so schnell vor sich gegangen, daß weder Maria noch ich sagen konnte, ob die Rolle von menschlicher Hand in Gang gesetzt worden war oder nicht. Wir meinten etwas gesehen zu haben, waren uns aber dessen nicht sicher. Wieder hatte diese unheimliche Stille über der Landschaft gelegen.

Nach einer Weile kam der Hauswirt in seinem Trabi und lud uns zur Mitfahrt ein. Er erzählte, man habe die Leiche des Italieners gefunden. Der habe sich im Wald erhängt.

«Nicht ins Wasser gegangen?» Fragte ich.

«Wieso ins Wasser?» Wunderte sich der Hauswirt.

Ich versprach Maria, mit niemandem über das, was wir gesehen hatten, zu sprechen.

Am Abend besuchte ich Schwämmchen. Maria weigerte sich, mich zu begleiten.

«Geh nur, geh! Sind ja deine Leute.» Sagte Maria. «Früher, als die anderen ausgegrenzt wurden, und nicht nur ausgegrenzt, hast du keine Besuche gemacht.»

Ich senkte schuldbewußt den Kopf und sagte, daß man nicht ständig ein Versager bleiben könne, weil man einmal... «Auf mein Zartgefühl hättest du gepfiffen, nicht wahr.»

«Allerdings.» Sagte Maria.

«Gab es Ärger mit deinen neuen Kollegen. Ich meine, hatten sie an dir etwas auszusetzen, wegen deiner ehemaligen Dienststelle?» Fragte ich Schwämmchen.

«Überhaupt nicht.» Antwortete seine Frau.

«Ich habe an der Grenze eine Arbeit gemacht, die in jedem Land üblich ist. Und von dem anderen habe ich nicht mehr gewußt als alle anderen auch.»

Sagte Schwämmchen, der auf einmal erstaunlich reden konnte.

«Nur akzeptierten die meisten Leute weder Grenze noch Land.»

«Das sagen sie jetzt.» Sagte Schwämmchens Frau.

«Thüringens Bauern befürchten eine Rekordernte.» Stand in der Zeitung.

«Wie schnell ‹unsere Menschen› umdenken.» Sagte ich zu Maria.

Vetter Eberhard erntete auch. Oder besser, er ließ ernten und kam in Bedrängnis, weil er nicht mit der Effektivität der Wessis gerechnet hatte. Der angeheuerte Mähdrescher schaffte drei Hektar pro Stunde, und Eberhard, der das nicht geglaubt hatte, wußte nicht, wie er den Abtransport organisieren sollte. Man durfte ihm nicht mit Leichen in Trinkwasserreservoiren kommen.

«Überhaupt», sagte ich zu Maria, «was geht das eigentlich uns an. Wir müssen uns endlich vom alten Denken befreien.»

«Arm will ich nicht werden. Das auf keinen Fall.» Sagte Maria. Und nachdem sie heftig die Luft ausgestoßen hatte, fuhr sie fort: «Zu den Wessis gehe ich nicht putzen. Wenn ich aber zum Arbeitsamt gehe – mir können die doch den letzten Husten anbieten.»

«Aber liebe Maria!» Sagte ich. «Es gibt auch nette Wessis.»

«Wenn ich allein in der Küche essen muß, nee! Wie weit bist du eigentlich mit deinem Bestseller?»

«Lenk nicht ab.» Sagte ich.

Draußen auf dem Feld ackerte Vetter Eberhard. Es roch nach Erde und Erntestaub. Er stoppte den Traktor und winkte mir zu. Ich lief durch das Frischgeackerte und kletterte zu ihm auf den Traktor. Er sah mich mit seinem Hundeblick an.

Auf einem zweiten Traktor entdeckte ich Schwämmchen. Am Rand des großen Feldes stand die Frau meines Vetters mit dem Abendbrot. «Heute wird so lange gemacht, bis die Saat drin ist», sagte Vetter Eberhard, als wir alle am Feldrain hockten. Seine Frau warf mir einen stolzen Blick zu. Und auch Schwämmchen hatte einen entschlossenen Gesichtsausdruck.

«Ich bring euch noch einen Kanister Diesel», sagte die Frau, während sie mir Tee eingoß. Wir saßen genau auf der Höhe, die in meinen Kinderjahren den Horizont gebildet hatte. Unten im Tal war die Sonne schon untergegangen. Der Schatten des Berges reichte bis über den Fluß.

Ich war einen kurzen Augenblick lang vollkommen glücklich und dachte zugleich, daß sich dieses Gefühl nicht mitteilen ließ.

Am Abend saß ich mit der Frau des Hauswirts auf der Bank unter der Esche. Sie machte einen erschöpften Eindruck. Niemand hatte für ihre Sorgen ein Ohr. Die Mutter des Hauswirts sagte, ihre Schwiegertochter könne sich ruhig an der Hauswirtschaft beteiligen. Sie habe auch beides, Beruf und Haushalt, geschafft. Auf meine Bemerkung, damals sei der Kapitalismus noch ein Kinderspiel gewesen, antwortete sie mit einem mißtrauischen Blick. Ihren Sohn schickte sie mit der Bemerkung, Männer könnten ihre Kraft nutzbringender einsetzen, aus der Küche. Und ging dann, nicht ohne gehörig zu ächzen, selbst ans Werk.

Die Frau des Hauswirts sagte voller Wut: «Schließlich bin ich diejenige, die hier das Geld verdient.» Was nicht zur Besänftigung beitrug.

«Die jetzt nicht begreifen, müssen gehen. So einfach ist das», sagte sie zu mir, während sie an ihrer Zigarette zog. «Wenn sich das nicht rechnet, geht zum Ende des Jahres die ganze Mannschaft. Die Neuen interessiert doch nicht, ob jemand vier Kinder großgezogen hat und schon ein bißchen ab ist. Die interessiert nur, rechnet sich das oder nicht.»

Es schien, daß die von der Partei mich zugrunde richten wollten. Ständig schickten sie mir Materialien. Reden von Gregor Gysi. Rundbriefe der «Arbeitsgemeinschaft Junge GenossInnen». Eine Anleitung, wie man sich am besten verhält, wenn man auf Demos in die Gewalt der Bullen gerät. Meine Post kam neuerdings geöffnet an. Aber das Gefühl der Bedeutsamkeit von einst wollte sich nicht mehr einstellen.

Eines Abends erhielt ich Besuch von dem Lokalredakteur einer unabhängigen Zeitung. Er war schon Redakteur des Lokalteils, als die Zeitung noch nicht «unabhängig» war. Er sagte, er sei jetzt frei, alles zu schreiben, was er wolle. Natürlich habe er eine Verantwortung. Er war mit einer schwarzen Limousine vorgefahren, die den Namen Limousine wirklich verdiente. Und er war für einen Lokalredakteur erstaunlich. Ich beobachtete, wie Maria glänzende Augen bekam, als er von der Freiheit sprach.

«Glauben Sie, daß bei der Partei noch geparkte Gelder zutage kommen?» Fragte der Redakteur blitzschnell dazwischen.

«Was soll ich Ihnen dazu sagen.» Erwiderte ich. Es gab nichts Sagbares.

Als der Mann gegangen war, sagte Maria, sie fahre am nächsten Tag zu Verwandten nach Frankfurt. Sie reiste wirklich ab, und ich hatte keine Chance mehr, sie anzupumpen. Aber ich wußte jetzt, daß sie Verwandte in Frankfurt hatte. Oder doch wenigstens sagte, sie habe in Frankfurt Verwandte.

Wenige Tage später, ich hängte gerade im Garten Wäsche auf die Leine, fuhr ein Auto mit Anhänger vor. Ein Mann, der aussah wie ein Zigeuner, stieg aus und sagte: «Also, daß Sie keinen Schreck kriegen, ich bin kein Zigeuner.»

«Sie sind Fleischer?» Sagte die Mutter des Hauswirts.

«Woher wissen Sie das? Sie haben aber einen Blick. Haben Sie auch alte Möbel?»

«Das bringt das Leben so mit sich.» Seufzte die

64

Mutter des Hauswirts. Es blieb unklar, ob sie den Blick oder die Möbel meinte. Sie rief nach ihrem Sohn: «Hier ist so ein Jud aus Bayern. Zeig dem mal die Betten auf dem Boden.»

«Einen Schrank haben Sie nicht?»

Als der Mann mit seiner Beute vom Hof fuhr, sagte die Frau: «Ob ein Taubenschlag daraus wird oder ich zweihundert Mark auf die Hand kriege, betrogen werde ich auf jeden Fall. Und da ist mir das letzte lieber.»

Meine Wanderungen führten mich jetzt öfters nach Bayern. Am Anfang hatte die ehemalige Grenze noch immer wie ein Hindernis auf mich gewirkt. Manchmal verlief ich mich und kam auf großen Umwegen erschöpft nach Hause. Einmal, nachdem ich schon geglaubt hatte, die Nacht im Wald verbringen zu müssen, aber dann doch noch einen Lastkraftwagen traf, der mich mitnahm, stand meine Kinderfreundin Dora in der Haustür und plauderte mit der Mutter des Hauswirts.

«Erkennst du mich?» Fragte Dora.

Ich dachte mir schon, daß es Dora sein mußte, aber ich wollte auch keinen Fehler machen und zögerte einen peinlichen Moment lang.

«Ich bin doch die Dora!» Sagte Dora.

«Da freue ich mich aber!» Sagte ich.

Sie war mit einem Buchhalter verheiratet, der an Unterschlagungen beteiligt gewesen war. Es wurde geredet, sie müsse gewußt haben, daß es mit dem Geld nicht Rechtens zuging, aber es war ihr nichts nachzuweisen gewesen. Die Leute fanden es schließlich anständig von ihr, daß sie sich nicht scheiden ließ, sondern auf den Mann, der im Zuchthaus saß, wartete. In dieser Zeit war sie aus dem Grenzgebiet ausgesiedelt worden.

«Ich durfte sechs Jahre nicht hierher.» Sagte Dora anklagend.

Ich hatte Dora als blasses Mädchen in Erinnerung, das sich willig meinen Unternehmungen anschloß und nie durch eigene Ideen störte. Sie dagegen erinnerte sich an große Zerwürfnisse, in denen sie immer den besseren Part gehabt hatte.

Ich lächelte und sagte, der Mensch sei ein großartiges Wesen. Aus irgendeinem Grund beleidigte sie das. Ich kam gar nicht dazu, ihr meine Theorie vom freundlichen Vergessen zu entwickeln.

«Daß du in der Partei warst», sagte sie in scharfem Tonfall, «das verstehe ich nicht.» Zum erstenmal bemerkte ich, wie ausdruckslos und starr ihr Gesicht war. Es war schon ein bißchen komisch, daß mir die blasse Dora jetzt einen Vogel zeigen konnte.

Wieso war ich in die Partei eingetreten. Darüber dachte ich ja selbst die ganze Zeit nach. Und ich kam immer nur darauf, daß ich etwas verändern wollte. Das sagten jetzt alle. Ich war überzeugt, in meinem Fall entsprach es der Wahrheit. Aber das dachten wohl auch alle.

Die Parteimitglieder, denen ich begegnete, hatten keine Ähnlichkeit mit den im Widerstandskampf gestählten Typen, die ich mir vorstellte. Diese

Zweifel bezogen mich selbst ein. Die Frage, hätte ich Foltern und Totschlag in Kauf genommen, um meine Genossen nicht zu verraten, konnte ich nie endgültig beantworten. Infolgedessen hatten die Leute an der Spitze einen hohen Kredit bei mir. Andererseits war mir deren intellektuelles Niveau immer wie eine persönliche Beleidigung erschienen.

Wieso war das eines Tages plötzlich anders gewesen?

Die Wahrheit schien eines jener verbotenen Zimmer zu sein, zu denen es viele Vorzimmer gibt, die man jedesmal mit einem Gefühl betritt, nun endlich den Dingen auf den Grund zu kommen. Sieht man sich aber um, entdeckt man eine neue Tür, zu der wieder der Schlüssel fehlt.

Bei der Aufnahme in die Partei mußte man vor versammelter Mannschaft eine Begründung abgeben. Dabei wurden viele schöne Dinge gesagt. Man wolle seine Kraft für das Wohl der Menschen und für die Erhaltung des Friedens einsetzen. Und man sei überzeugt, dies mit Hilfe der Genossen noch wirksamer tun zu können. Ich habe die Gesichter der Novizen bei solcher Gelegenheit oft beobachtet. Die meisten glaubten in diesem Moment, was sie sagten.

Schon lange hatte ich den Hauswirt fragen wollen, ob ich ihn einmal zur Jagd begleiten dürfe. Aber ich brachte es nicht übers Herz. Jeder Mensch braucht etwas, was nur ihm gehört. Vielleicht war das für den

Hauswirt die Jagd. Als ich aber schließlich doch Mut faßte, war er sofort einverstanden. Ich borgte mir einen grünen Hut und zog eine Tarnjacke aus Beständen der «Nationalen Volksarmee» an. Noch bevor es Tag wurde, gingen wir los.

Draußen gleiste das Licht des abnehmenden Mondes. Wir wählten den Weg durch die Felder. Der Pirschpfad zum Hochsitz stieg steil an. Ich war schnell außer Atem und hatte Mühe zu folgen. Der Hauswirt kletterte als erster hoch und gab mir ein Zeichen. Wir saßen ganz still. Über dem Tal lag blauer Nebel. Im Dorf auf dem Berg vor uns, das schon zu Bayern gehört, gingen allmählich die Lichter an. Der Himmel rötete sich. Drei Rehe zogen in einiger Entfernung über das Feld. Später flogen die wilden Tauben aus. Ein Fuchs jagte in weichen Sprüngen nach Mäusen. Der Hauswirt hob das Gewehr und zielte auf den Hühnerfänger. Ich schüttelte den Kopf. Der Fuchs in seinem Spiel und die Landschaft, alles erschien mir in diesem Moment wie ein Bild, das nicht verletzt werden durfte. Der Hauswirt verstand sofort.

Ein Eichelhäher flog keckernd auf. Plötzlich war es hell. Wir plauderten über dieses und jenes miteinander und hatten ein gutes Gefühl. Später gingen wir quer über das abgemähte Rapsfeld der Genossenschaft. Ich war schläfrig und blinzelte in die Sonne, die irgendwann aufgegangen war, ohne daß ich es bemerkt hatte. Vom Waldrand leuchteten die Dolden des Vogelbeerbaums.

«Das gibt einen strengen Winter.» Sagte die Mutter des Hauswirts. Man merke gleich, daß ich einen Großvater gehabt hätte, der ein leidenschaftlicher Jäger gewesen sei. Sagte der Hauswirt zu seiner Mutter. So etwas liege im Blut.

Darüber freute ich mich mehr als über irgendein anderes Lob.

Fricka hatte mich beim Einkaufen angesprochen und mich gebeten, sie zu besuchen. Als ich hörte, daß Fricka Mitglied der Kreisleitung der Partei gewesen war, hauptamtlich, schob ich den Besuch vor mir her. Bei diesen Hauptamtlichen war jede Kritik hängengeblieben.

Auch Vetter Eberhard riet mir von dem Besuch ab. «Du mußt ein bißchen auf deinen Umgang achten.» Sagte er.

Dieses Gespräch zwischen einem gewesenen Parteisekretär und einem ehemaligen Kreisleitungsmitglied, wenn auch nichthauptamtlich, kam mir schäbig vor. Am nächsten Tag stand ich mit einem Strauß Gladiolen aus dem Garten der Hauswirtin vor Frickas Tür. Statt eines Namens las ich über der Klingel: «Vorsicht bissiger Hund!»

Fricka war keine Einheimische. Sie war sechzig Jahre alt und hatte ein rundes frisches Gesicht.

«Ich war Vorsitzende der Parteikontrollkommission.» Sagte Fricka und sah schuldbewußt zu Boden.

Ich sah die Frau an und konnte das Gesicht nicht

mit einer Vorsitzenden einer Kreisparteikontroll-kommission in Verbindung bringen. Wahrscheinlich hatte sie damals anders ausgesehen.

«Das ist nicht einfach. Jetzt. Hier auf dem Dorf. Wo einen jeder kennt.» Sagte Fricka.

Sie holte Kuchen und kochte Kaffee.

«Warum sind wir nur gegen die Kirche gewesen.» Sagte Fricka. «Das gehörte doch zum Leben im Dorf.»

«Weil wir unsere Macht nicht mit Gott teilen woll-ten.» Sagte ich.

Ich fragte sie, ob sie gern wieder in die Kirche ein-treten würde.

«Ehrlich gesagt – ja. Aber ich bin doch noch in der Partei. Und ich glaube nicht, daß sie mich dann in der Kirche haben wollen.»

Ich lachte, aber sie sah mich betrübt an.

«Ja, der Eberhard. Auf seine alten Tage!» Sagte sie anerkennend. Und fuhr fort: «Das mit der Land-wirtschaft ist auch so ein Ding. Wie du es drehst und wendest, es war eine Zwangskollektivierung. Ich war doch selbst dabei. Und nun sag mir mal, wieso ich es früher anders gesehen habe. Denn das weiß ich genau, ich hatte nie das Gefühl zu lügen. Glaubst du, ich habe damals gelogen?»

«Nein, wir haben nicht gelogen.»

«Aber wenn's doch so offensichtlich falsch war.»

«Aber da war doch ‹die Sache›.»

«Welche Sache? Ach so, ja, ‹die Sache›.»

Wir sahen uns beschämt an, und ich dachte, wie

70

idiotisch das alles war und daß man es heute keinem Menschen erklären könne.

Fricka bot selbstgemachten Holunderlikör an. Ich spürte, wie mir die Wärme in die Glieder fuhr.

«Ich habe auch mal Gedichte geschrieben.» Sagte Fricka. «Ich war im Zirkel. Ein paar sind sogar in der Zeitung gedruckt worden.»

Sie brachte einen Zeitungsausschnitt und las:

«Es kocht und rauscht, es hämmert und dröhnt, / das hohe Lied der Arbeit ertönt. / Weithin erschallt in alle Lande, / frei von Fron sind unsere Werke. / Laßt die Akkorde der Arbeit erklingen / zum Festtag unserer Republik. / Weithin schallt das Lied der Arbeit, / frei die Bahn dem Arbeitervolk.»

Aus irgendeinem Grund war ich gerührt. Ich überlegte, ob mir das auch hätte passieren können. Ich konnte es nicht ausschließen. Allerdings hatte ich niemals wirklich ein enges Verhältnis zu Arbeitern gehabt. Ich hatte die soziale Arroganz der Bürgerlichen nie ganz ablegen können. Deshalb wußte ich auch besser als andere, was den meisten noch bevorstand.

«Das könnte von mir sein.» Sagte ich. Und hätte die Worte am liebsten gleich zurückgeholt. Sie waren unpassend und drückten in keiner Weise aus, was ich dachte. Aber die Frau fühlte sich nicht verspottet. Ich spürte, wie mich das Gespräch zu ermüden begann.

«Was ist eigentlich mit dem Schieferbruch?» Fragte ich.

«Welcher Schieferbruch. Hier gibt es keinen Schieferbruch.» Sagte eine ruhige Stimme hinter mir. Ich hatte niemanden ins Zimmer kommen hören.

«Mein Mann.» Sagte Fricka. Der Mann sah wie ein Vorsitzender aus. «Vorruhestand.» Setzte Fricka hinzu.

Als ich mich verabschiedete, fragte ich Fricka, ob sie einen Hund hätten.

«Einen Hund? Wieso, meinst du, sollte ich einen Hund haben?»

«Wenn Sie das Trinkwasserreservoir meinen», sagte der Mann, «die Naturschützer haben es nicht gern, daß man in das Gebiet geht. Weil da der Uhu brütet.»

Beim Abschied steckte mir Fricka den Zeitungsausschnitt mit dem Gedicht in die Jackentasche. Der Mann beruhigte einen Hund, den es nicht gab.

Der Hauswirt behauptete, der Uhu brüte schon lange nicht mehr in der Gegend. Wenigstens zwanzig Jahre nicht.

Am Sonntag ging ich in die Kirche. Der Pfarrer gab mir am Eingang die Hand. Zwei alte Frauen tuschelten und lächelten mir freundlich zu. Die Orgel war noch genauso verstimmt wie früher. Der Pfarrer hatte eine schöne Stimme. Beim Abendmahl blieb ich als einzige sitzen. Der Altar wurde einem alten Meister zugeschrieben. Hätte man diese Herkunft wirklich nachweisen können, wäre der Altar sogar sehr wertvoll gewesen. Aber er war auch ohne dieses Zertifikat schön. Ich dachte daran, wie viele Kriege im Namen des rechten Glaubens geführt worden waren. Und wieviel Kultur verlorenging.

Vor diesem Altar war ich konfirmiert worden. Damals hatte ich in meinem Herzen den Entschluß gefaßt, ein gottesfürchtiger Mensch zu werden. Ich war offenbar nie ganz ohne Religion ausgekommen.

Auf dem Heimweg traf ich den Märchenprinzen.

Der Prinz fuhr einen grasgrünen Trabi, der generalstabsmäßig mit drei Antennen ausgerüstet war. Er hatte ein rundes gutmütiges Gesicht und war Brigadier der Produktionsgenossenschaft, die noch vor sich hin kümmerte.

Da ich nie genau wußte, ob ich nicht einen Schulfreund vor mir hatte, strahlte ich ihn prophylaktisch freundlich an.

«Sie scheinen Einzelgängerin zu sein. Ich habe Sie schon oft beobachtet.» Sagte der Brigadier.

Ich setzte mich zu ihm in den Trabi, und nach fünf Minuten wußten wir alles Wesentliche übereinander.

Beide waren wir solo. Beide hatten wir in langjährigen Verbündnissen unsere Familienfähigkeit nachgewiesen. Auch das Alter paßte. Ich dachte, daß der Brigadier sicher ein kleines Haus besitze. Ich sah mich schon in dem Haus am Herd stehen und grüne Klöße kochen. Und der Brigadier hackte im Vorhof Holz. Und am Abend stiegen wir beide in ein richtiges großes Bett. Der Brigadier war ein nicht zu verachtendes Mannsbild. Und er saß wirklich neben mir. Ich kniff mich heimlich in den Arm, aber der Brigadier verschwand nicht. Mir kam auch keinen Moment der Verdacht, er könnte von irgendeinem Geheimdienst geschickt sein. Aber das beste war der Gedanke, nie mehr schreiben zu müssen.

Plötzlich fühlte ich dieses Ziehen im Bauch. Und ich dachte: Mein Gott! Wie hatte ich es bloß so lange ohne Mann ausgehalten.

Zu Hause fand ich ein Telegramm von Maria. Taucherausrüstung komplett. Bitte um Anruf. Maria.

Die Schwalben sammelten sich schon. Die Fledermäuse waren weggezogen. Vetter Eberhard säte auf dem Feld, wo die Gerste gestanden hatte, Raps. Ich lud den Brigadier zum Abendessen ein.

Ich hatte die besten Vorsätze. Ich nahm mir vor, meine Zunge im Zaum zu halten und den Brigadier zu bewundern. Die Mutter des Hauswirts räuberte ihren Blumengarten. Sie war verständnisvoll, denn sie konnte Maria nicht leiden.

Gegen sechs Uhr klingelte es, und in der Tür stand nicht der Brigadier, sondern Herr Doktor Badküchler aus der Schweiz. Dessen Ankündigung, mich zu besuchen, ich vollkommen vergessen hatte. Was sehr leichtfertig von mir war, denn Doktor Badküchler war Verleger und sozusagen meine letzte Hoffnung.

Ich wußte zwar nicht, wieso er es noch einmal mit mir versuchen wollte. Ich hatte ihm schon ein Geschäft verdorben, indem ich die patriotischen Gefühle der deutschen Leser verletzt hatte.

Trotzdem hatte er mir angeboten, ich könnte ein Kinderbuch bei ihm machen. Und nun stand er, ein gediegener älterer Herr aus Zürich, leibhaftig in der Tür. Ich reagierte sofort und stellte mich, als hätte ich den ganzen Tag auf einen Verleger aus der Schweiz gewartet.

Etwas später, als der Trabi durch den Feldweg kam, sprang ich auf, lief dem Brigadier entgegen und erzählte ihm, es sei plötzlich ein Onkel aus der Schweiz gekommen, dessen Frau erst vor einigen Tagen gestorben war.

Wie ich gehofft hatte, sagte der Brigadier: «Dann gehe ich lieber wieder.» Er ging aber nicht, sondern stand da in seinem Sonntagsanorak, hielt einen prächtigen Dahlienstrauß in der Hand und meinte, er würde den Onkel doch wenigstens gerne begrüßen.

Er drückte Herrn Badküchler kräftig die Hand und wünschte: «Herzliches Beileid.»

Dieser stutzte. Dachte dann wohl, ich hätte dem Brigadier von unserem mißglückten Unternehmen erzählt, und lachte: «Na, so schlimm ist es nun auch wieder nicht. Sie nimmt sich das so zu Herzen. Aber für mich war es den Spaß wert.»

Dem Brigadier zog es vor Überraschung die Beine weg. Er rutschte auf die Ofenbank und sagte: «Auf den Schreck brauch ich einen Schnaps.»

Als ich mit der Dahlienvase und der Kognak-flasche ins Zimmer kam, waren die beiden in ein Gespräch über die Chancen der ostdeutschen Land-wirtschaft vertieft und schienen sich prima zu ver-stehen. Mir blieb gar nichts weiter übrig, als in die Küche zu gehen und aus zwei Portionen drei zu machen.

Ich wollte gerade ein drittes Gedeck auflegen, da hupte es unten. Maria stieg aus dem Auto. Ein Mann half ihr beim Abladen mehrerer schwerer Pakete. Und fuhr wieder davon.

Der Brigadier lief die Treppe hinunter und half Maria beim Tragen.

«Warum hast du bloß nicht angerufen!» Be-schwerte sich Maria. Plötzlich hielt sie die Luft an. «Und wer ist das?» Flüsterte sie und zeigte auf den Brigadier.

«Schwager der Wirtin.»

«Ach so!» Sagte Maria. «Hast du einen Kerl bei dir?» Der Duft von Herrn Badküchlers Zigarette zog durch das Haus.

«Zwei.» Sagte ich.

Nun kam auch noch die Mutter des Hauswirts aus ihrer Tür und sagte: «Je später der Abend, desto schöner die Gäste.»

«Wie meinen Sie das?» Fragte Maria.

«Na, heute ist hier was los. Was bringen Sie denn da mit?»

«Eine Taucherausrüstung.» Sagte Maria.

«Eine Taucherausrüstung hierher?»

«Ich kann tauchen, wo ich will. Oder?»

«Meinetwegen. Mir ist das doch egal.»

Inzwischen waren der Brigadier und der Schweizer wieder bei der ostdeutschen Landwirtschaft. Ich flüsterte ihnen schnell zu, die Angekommene sei eine Cousine, die leider geistesverwirrt sei. «Stasihaft.» Hauchte ich.

Als Maria hereinrauschte, sprang ihr der Schweizer entgegen und bot ihr seinen Stuhl an. Der Brigadier goß ihr einen Kognak ein. Beide überboten sich in Artigkeiten. Maria saß da wie eine Königin und bekam rote Ohren. Und ich machte in der Küche aus drei Portionen vier.

Ich war gerade damit fertig, da kam Maria in die Küche und wunderte sich: «Was geht denn hier vor. Die Kerle haben es wohl im Kopfe!»

«Ja.» Sagte ich. «Irgend etwas kommt mir auch komisch vor.»

Es waren also alle Voraussetzungen für einen vergnüglichen Abend gegeben. Leider verdarb Vetter Eberhard alles. Der kam, als wir endlich am Tisch saßen und mit dem Essen beginnen wollten. Das Gespräch drehte sich gerade um Tauchen in Steinbrüchen. Er riß die Tür auf, warf ohne guten Abend zu wünschen einen Brief auf den Tisch und verlangte mit drohender Stimme, ich solle erklären, was ich mit diesem Wisch bezwecke.

Ich bezweckte weder irgend etwas, noch kannte ich den Brief. Ehe ich aber zu Wort kam, erblickte mein Vetter den Brigadier.

«Daß ihr zwei unter einer Decke steckt, das hätte ich mir denken können!» Schleuderte mein Vetter dem Brigadier ins Gesicht.

Ich ahnte, daß es hier um die alte Melassefeindschaft ging.

«Verwandtschaft!» Sagte ich leise zu Herrn Badküchler und zeigte auf meinen Vetter.

«Was, mit dem bist du auch verwandt!» Schrie nun der Brigadier. «Das hättest du gleich sagen können!»

Nach dieser erneuten Erschütterung brauchte er noch einen Schnaps. So gestärkt entschwand er mit der Bemerkung, daß wir sicher ganz in Familie sein wollten.

Ich griff nach dem Brief. Doch Vetter Eberhard zog ihn zurück. «Das könnte dir so passen! Damit gehe ich vors Gericht, wenn du nicht umgehend deine Zelte hier abbrichst. Du Flittchen! Denk bloß nicht, im Dorf würde nicht beobachtet, wie du die alten Seilschaften um dich scharst.»

Als er die Tür aufriß, sah ich draußen das Gesicht der Frau meines Vetters voller Triumph um die Ecke gucken. Die Tür der Wohnküche der Wirtsleute wurde leise zugezogen.

Herr Badküchler erhob sich und sagte, er müsse nun auch gehen. Er habe sowieso nicht lange bleiben wollen. Er verbeugte sich kühl und gab zum Abschied nur Maria die Hand.

Plötzlich fiel mir auf, daß Maria sich, ganz gegen ihre Art, vollkommen zurückgehalten hatte.

«Was hast du ihm denn geschrieben, dem lieben Eberhard?» Fragte ich Maria.

«Er soll dein Erbe herausgeben.»

«Und mit meinem Namen unterschrieben?»

«Mußte ich doch. Sonst komme ich noch in den Verdacht, eine Erbschleicherin zu sein.» Sagte Maria schuldbewußt. «Ich habe es nur gut gemeint.»

Als ich den gedeckten Tisch sah und an die Vorstellungen dachte, die ich mir von diesem Abend gemacht hatte, packte mich ein Lachanfall und schüttelte mich, daß ich nach Luft schnappen mußte.

Maria streichelte meinen Arm und sagte: «Ich liebe dich.»

«Und ich dich erst.»

«Wirklich?»

Und da lachten wir alle beide.

Bis Maria plötzlich ernst wurde und sagte: «Nun erklär mir mal, was die beiden Typen eigentlich hier wollten.»

Wenn der Wind über den Hang strich, fielen die Nüsse mit leisem Knacken auf den Mauersims und sprangen von dort im Bogen ins Gras. Die Wälder auf der anderen Seite des Flusses hatten über Nacht einen gelben Schein bekommen. Die Kinder der Wirtsleute entdeckten das Echo und fragten es den ganzen Tag über nach dem Namen des Bürgermeisters von Wesel. Die Reiher erhoben sich in die Luft, kreisten und flogen davon.

Die Welt hatte jedoch ein zweites Gesicht. Der Wald war krank. Aus dem Schornstein der Fabrik stiegen giftige Dämpfe empor, die sich mit den Wassertröpfchen der Luft vereinten und als übelriechende Nebel in die Niederungen fielen. Das schwarze gärende Wasser des Flusses sank durch die Trockenheit, und der Chemieschlamm bildete eine stinkende rissige Uferzone.

Ich war im Nichtsehen geübt. Im Vernachlässigen. Im Verdrängen von Fakten. Ich hatte an den Hauptwiderspruch der Epoche geglaubt. Es ging immer um das Große. Um Krieg. Um Frieden.

Es mußte ein moralisches Blackout in mir gegeben haben. Denn es wollte sich kein Schuldbewußtsein einstellen. Nur manchmal ein plötzlicher Schreck, der mich wie ein Blitzstrahl durchfuhr. War mir das wirklich passiert! Hatte ich das komplizenhafte Augenzwinkern geduldet. Um ein Volk gegen seinen Willen «glücklich» zu machen. Es auf höchst zweifelhafte Weise zu beglücken. Oder war gar ein sorgsam getarnter Eigennutz im Spiele gewesen? Oder ein peinliches Anlehnungsbedürfnis an die Macht?

Wir hatten als Täter nicht das geringste Format. Als die Alten zum letzten großen Auftritt mußten, sprachen sie von Liebe. Und ich glaube nicht, daß sie logen. Auch wenn es eine mörderische Liebe war. Eine klägliche Liebe. Eine erbärmliche Gesellschaft. Alle Bemühungen, uns zu handfesten Ganoven zu stempeln, weil das für die Hygiene besser gewesen wäre, gingen ein bißchen peinlich aus. Denn wer uns sah, der wußte Bescheid. Wir waren Kreuzritter, denen der Glaube abhanden gekommen war. Und ohne den Glauben war der Mord plötzlich Mord.

Mir sollte so etwas nicht noch einmal passieren. Ich ging auf die Neuen los, ohne auf irgendeine Deckung zu achten. Und auf die Alten gleich mit, die ohnehin schon in der Tinte saßen. Und dabei erging es mir wie in der Kindheit, wenn ich mich am Tage mutig hervorgetan hatte und dann am Abend vor nachträglichem Gruseln schlaflos lag. Ich hatte wahnsinnig Angst vor der eigenen Courage. Weil die in Wahrheit einem ungedeckten Scheck glich.

Ich hatte auch keine Lust, in ehemaligen Schieferbrüchen zu tauchen. Noch weniger, als an meinem Schreibtisch zu sitzen und schwachsinnige Romananfänge in den Computer zu tippen. Marias Spontanität ging mir entschieden zu weit.

Meine letzte Rettung waren die Ärzte.

Die Ärzte schwammen noch wie wir alle irgendwo zwischen Kommandowirtschaft und Markt. Sie sahen sich mein Bein an, das verfärbt und dick geschwollen war. Ich hatte mein Knie verletzt, als ich mich mit tiefem Ausfallschritt vor der Strohrolle in Sicherheit brachte. Nachdem ich eingestanden hatte, wie lange das zurücklag, sagte der Arzt: «Also, Sie gehen jetzt auf Station. Ich hoffe, Sie sind versichert. Aber ob Ihnen das noch jemand bezahlt, kann ich auch nicht sagen. Auf jeden Fall unterschreiben Sie mir, daß Sie notfalls die Kosten selber tragen.»

Einen Moment hoffte ich, er könnte vielleicht etwas von mir gelesen haben. Aber er sah nicht einmal auf, als er den Namen hörte.

«Die Kleinen bleiben immer die Kleinen. Für die ist es weniger schlimm.» Sagte Maria. Ich hatte keine Lust, mit ihr zu streiten.

Fünf Kinderaugenpaare guckten mir neugierig entgegen. Ich bekam strenge Bettruhe verordnet, und mein Bein wurde hochgelagert und eisgekühlt.

«Bein hoch und kühlen hättest du beim Tauchen auch haben können.» Sagte Maria.

Ich hatte die feste Absicht, diese erzwungene Ruhe zu nutzen, um alles über das moralische Defizit in mir herauszufinden. Aber erst einmal fiel ich in einen erschöpften Schlaf.

Im Traum ging ich durch einen langen Korridor. Numerierte Türen. Nirgends eine Aufschrift, die Schlüsse auf den Ort zugelassen hätte.

Ich erwachte von dem kläglichen Wimmern, das aus dem Bett an meinem Fußende kam. Es war jetzt dunkel im Zimmer. Mir fiel nichts Besseres ein, als die Schwester zu rufen. Sobald sie an das Bett des Jungen trat, schrie dieser: «Mir geht es gut! Mir geht es gut!» Offenbar hatte er große Angst.

Der Junge klagte die ganze Nacht. Nur auf dem Arm der Zwölfjährigen beruhigte er sich ein wenig. Die nahm ihn schließlich gegen Morgen in ihr Bett, wo er sofort einschlief. Als die Nachtschwester die Waschschüsseln brachte, spielte sie sich auf, als hätten wir ein Sittlichkeitsverbrechen begangen. Beim

Waschen sah ich die Flecken am Körper des Jungen. Gegen zehn wurde er mit dem Bett geholt. Und später teilte man uns mit, er sei in eine andere Klinik verlegt worden. Die Aussagen darüber, um welche Klinik es sich handelte, gingen auseinander.

«Was meinst du, wo sie ihn hingebracht haben?» Fragten die Kinder.

«Ich weiß es nicht.» Sagte ich.

Statt über die Abgründe meines Gewissens nachzudenken, war ich bald in große Menschärgerdichnichtschlachten verwickelt. Ich war eine leidenschaftliche Spielerin. Die Kinder hatten das schnell herausgefunden. An dem Tag bevor Yvonne operiert wurde, mußte ich mir fortwährend Kriminalfälle ausdenken, die wir mit verteilten Rollen inszenierten. Unsere Spiele wurden immer blutrünstiger. Die Bösewichter waren die Ärzte. Unter den Schwestern gab es solche und solche. Die wir zu den Unsrigen erklärten, mußten wenigstens hübsch und jung sein. Als der achtjährige Sebastian bei der Visite hartnäckig die Aussage verweigerte, dachte ich, daß ich das Spielen lieber sein lassen sollte. Aber es war ziemlich schwierig, diesen Vorsatz durchzustehen. Kaum hatte ich mir Ruhe ausbedungen und meinen Schreibblock bereitgelegt, da wurde Yvonne von der Intensivstation gebracht und machte uns hinter dem Rücken der Schwester Zeichen. Als diese das Zimmer verlassen hatte, tuschelte sie: «Leute! Alle mal herhören. Ich bin einem ganz großen Ding auf der Spur.»

Sogar der kleine Detlef, der immer so eine große Traurigkeit im Bauch gehabt hatte, weinte nicht mehr, wenn die Besuchszeit vorüber war. Er war stets darauf aus, Opfer zu sein. Und hätte sich dafür sogar aus dem Fenster werfen lassen.

An einem Abend, als alle anderen schon schliefen, flüsterte Antje: «Bist du noch wach? Ich kann nicht schlafen.»

«Denk an etwas Schönes.»

«Ich denke an meinen Freund. Ob der mir wirklich schreibt?»

«Das kann man nie genau wissen. Schreibt er nicht, weißt du wenigstens, woran du bist.»

«Der mußte wieder nach Hause, weil es hier keine Arbeit mehr gab.»

«Er wird schon schreiben, wenn er es versprochen hat.»

«Vielleicht gibt mir meine Mutti den Brief nicht. Die war gegen meinen Freund.»

«Vielleicht hat sie sich Sorgen gemacht, weil du noch so jung bist.»

«Nein, weil er ein Pole ist. Sie hat gesagt: ‹Ein Ausländer! Das kommt überhaupt nicht in Frage.›»

Wir schwiegen eine Weile. Dann begann sie wieder: «Schläfst du schon?»

«Nein.»

«Mein Vati ist da anders. Aber der ist selten zu Hause. Der arbeitet jetzt in Nürnberg in einem Versandhaus. Meistens ist er nur am Sonntag da. Dann sagt Mutti: ‹Wozu der eigentlich kommt, wenn er

84

nur die ganze Zeit schläft.› Wenn ich hier raus bin, darf ich ihn in Nürnberg besuchen.»

Eines Tages, als ich über den Flur humpelte, kam die Stationsschwester und sagte, sie solle mich von dem Lehrer grüßen, der sei Patient im Nebenzimmer gewesen.

Plötzlich hatte ich das dringende Bedürfnis, noch einmal mit dem Lehrer zu sprechen. Aber der war am Tag zuvor gestorben.

Zur Besuchszeit kam die Mutter des Hauswirts mit Eingewecktem. Sie stöhnte über den Weg und hatte ihren listigen Blick.

«Die Leute drehen alle durch.» Sagte sie. «Stellen Sie sich vor, meine Frau Schwiegertochter ist aus der Gewerkschaft ausgetreten, weil sich das mit ihrer Stellung im Betrieb nicht mehr verträgt.»

«Es ist für alle eine schwierige Zeit.»

«Manche Leute nehmen es aber nicht so schwer.»

Ich antwortete nicht.

«Mein Sohn, zum Beispiel. Der ist jetzt unter die Taucher gegangen. Aber es muß schließlich jeder nach seiner Fasson glücklich werden. Oder sehen Sie das anders.»

«Nein.» Sagte ich. «Jeder nach seiner Fasson.»

In Wirklichkeit regte ich mich furchtbar auf.

Als die Frau gegangen war, schrieb ich unter dem Titel «Was suchen die alten Seilschaften auf dem Grund?» einen flammenden Artikel gegen den Mißbrauch von Trinkwasserreservoiren. Und schickte ihn an den Redakteur mit der Bitte, ihn unter Pseudonym zu veröffentlichen.

Der Redakteur nahm den Artikel in die nächste Nummer. Er bedankte sich brieflich und fragte an, ob ich nicht etwas über geparkte Gelder schreiben wollte.

Ich fühlte, wie ich ein bißchen unruhig wurde. Ich erklärte mich für geheilt und verließ das Krankenhaus auf eigenes Risiko.

Ich mußte für den Krankenhausaufenthalt einen kleinen Betrag zuzahlen, was die Kinder merkwürdig erregte.

«Es ist nicht gerecht.» Sagten sie. «Schließlich warst du doch nicht freiwillig hier.»

Maria lag unter dem Klarapfelbaum auf einer Decke und sonnte sich. Sie sah sehr hübsch aus. Es ist erstaunlich, wie sehr sich in diesem Alter die Gesichter der Menschen von einem Moment zum anderen verändern können. Bald sah Maria wie ein junges Mädchen aus, bald wie eine etwas verbitterte Frau um die Fünfzig. Als sie mich erblickte, alterte sie in Sekundenschnelle.

Ich verstand sofort. Ich wußte nicht, wessen Verrat mich mehr schmerzte. Der Verrat Marias oder der des Hauswirts. Daß Verrat im Spiel war, stand für mich fest.

Ich drehte mich wortlos um, ging in die Stube und begann meine Koffer zu packen. Auf Marias Erstaunen hatte ich nur eisige Ablehnung. Ganz im Inneren dachte ich mir zwar, daß Maria für etwas büßen mußte, was vielleicht mit ihr gar nichts zu tun hatte. Denn ich trug noch immer diesen schwarzen Kummerklumpen in mir, und der wollte sich nicht auflösen. Aber mein Zorn war so entlastend, daß ich ihn auskostete und losfuhr, ohne mich von Maria zu verabschieden.

Der Herbst roch aus allen Mauerfugen. Aus den Gartenbeeten leuchteten die bunten Astern. Ich nahm Abschied. Am Schieferbruch gab es neuerdings einen Zaun und eine Menge Verbotstafeln. Ich saß auf einem Stein. Wo die schwarzen Brombeeren lockten, züngelte eine Kreuzotter. Ich beobachtete sie, und sie beobachtete mich. Als die Schlange im dornigen Gestrüpp verschwunden war, brach ich auf. Im Hohlweg kam mir ein Auto entgegen. Es hielt an der Stelle, wo der Weg sich verengte und an ein Vorbeifahren nicht zu denken war. Ich fuhr langsam rückwärts. Das andere Auto folgte mir nicht. Statt dessen stieg ein Mann aus und ging auf mich zu. Wo der Fingerhut blühte, lenkte ich das Auto seitlich in den flachen Graben, schlug die Räder herum und gab Gas. Von meinen Wanderungen kannte ich einen grasüberwachsenen Weg, der sich zum Glück als passierbar erwies. Als ich bereits durch die Wiesen fuhr und mich in Sichtweite eines Dorfes befand, sah ich oben am Waldrand das andere Auto auftauchen. Bei den ersten Häusern hielt ich, setzte mich auf einen Baumstumpf und wartete. Aber das andere Auto war wieder verschwunden. Mein Herz klopfte, als hätte ich einen Sprint hinter mir.

Es gab in der Gegend Leute, die hatten andere Leute über die Grenze geführt. Die Grenzgänger trugen ihr Anfangskapital für den Einstieg in das Wirtschaftswunder West am Körper. Es ging das Gerücht, einige hätten in präparierten Schuhabsätzen Diamanten verborgen gehabt. Andere trugen Kunstschätze mit sich. Die «blaue Mauritius» aus dem Reichspostmuseum war bei solcher Gelegenheit letztmalig gesehen worden. Einige der Leute und einige der Wertsachen waren nie auf der anderen Seite angekommen. Was mochte dieses reine unschuldige Wasser bergen! Vielleicht lagen auch Akten in wasserdichten Behältern auf dem Grund. Oder Geld. Was hier im Kleinen begonnen hatte, war später im Großen weiterbetrieben worden. Es war das ewige Spiel. Das einzige, was man aus der Geschichte lernen konnte, war, daß aus Geschichte nie etwas gelernt wurde.

Wie lange hier die Ost-West-Beziehungen von Schieberringen gedauert hatten und welche Geheimdienste darin verwickelt waren, wußte ich nicht. Mein Vater hatte «vier» gesagt, wenn ich ihn fragte. Er hatte große Angst, wenn er davon sprach. Er war gegen seinen Willen hineingezogen worden. «Das war schlimmer als alles davor.» Sagte mein Vater.

Auch die Mutter von Vetter Eberhard mußte etwas damit zu tun gehabt haben. Später war sie in

Westberlin in ihrer Wohnung tot aufgefunden worden.

Plötzlich hatte ich das Bedürfnis, mich von Fricka zu verabschieden. Ich fuhr noch einmal zu meinem Heimatdorf zurück. Ich fand Fricka mit einer kleinen Hacke im Steingarten, Unkraut jätend. Sie reichte mir die Hand über den Zaun und sagte mit Nachdruck: «Paß gut auf dich auf.»

Auf den ersten Blick gab es im Dorf seit meiner Kindheit wenig Veränderung. Sah man aber genauer hin, entdeckte man überall die Spuren dieser vierzig Jahre. Raubbau. Verfall. Zerstörung von Landschaft. Häßliche Neubauten. Eine neue Hoffnungslosigkeit. Eine neue Art zu verkommen. Aber da waren auch überall bunte Tupfen. Eine neue Blumensorte in den Kästen. Ein Ausschank unter bunten Sonnenschirmen. Dort ein frisch verputztes Haus. Fast in jeder Straße Gerüste und Betonmischer. Die Leute hatten eine Menge Einfälle. Ich sagte Fricka, daß mir ihr Steingarten gefalle.

Sie sagte: «Ich werde alles lesen, was du schreibst.»

Plötzlich war ich ganz fröhlich. Als ich im Auto saß, sang ich aus Leibeskräften: «Muß i denn, muß i denn zum Städtele hinaus, Städtele hinaus, uhund du mein Schatz bleibst hier.» Ich sang laut und falsch.

Der Mann, der neben mir im Auto saß, rückte unruhig hin und her. «Müssen Sie so schnell fahren!» Sagte er.

«Ich muß! Verflucht noch mal! Ich weiß auch nicht, warum ich muß. Alle müssen.»

«Aber Ihr Auto gibt das doch gar nicht her!»

«Machen Sie nicht mein Auto schlecht. Es ist mein letztes Privileg. Nur zwölf Jahre Wartezeit.»

«Was ist das, ein Privileg?»

«Ein Privileg... Na sagen Sie mal, Sie sind wohl nicht von hier?»

Ich sah ihn von der Seite an und sagte: «Achdumeinlieberherrgott!» Eine Verwechslung schien ausgeschlossen, obwohl ich von den vielen Bildern kaum mehr als Haartracht und Stirn in Erinnerung hatte.

Er zog die buschigen Augenbrauen hoch und sagte vornehm: «Bitte!»

«Maximierung des Profits, Sie erinnern sich?»

«Natürlich. Wie sollte ich nicht.»

«Wir haben gerade eine Variante mit Maximierung der Privilegien zu Grabe getragen.»

«Maximierung der Privilegien? War das nicht Feudalismus! Ist die Welt immer noch nicht weiter!»

«Nein.»

«Dann haben Sie jetzt Frühkapitalismus.»

«Man könnte es so nennen. Wir fahren hier durch ein gemischtes Szenarium. Kolonie, Vorkapitalismus und Weltuntergang.»

«Interessant. Sehr interessant.» Er sog die Luft ein und fragte dann: «Sagen Sie bitte, wie lange kann der Mensch in dieser Luft existieren.»

«Der Mensch ist anpassungsfähig. Und solche Luft hat auch ihr Gutes. Sie senkt die Beiträge zur Rentenversicherung.» Ich nahm mir vor, sofort, wenn ich zu Hause war, zu prüfen, ob ihre geringere Lebenserwartung den Ostlern auch wirklich zu Buche schlage. In diesem Moment bremste das Auto vor uns scharf.

«Vielleicht konzentrieren Sie sich auf den Verkehr.» Sagte er.

Ich schwieg gekränkt. Schließlich sagte ich: «Mußten Sie gerade bei mir einsteigen! Sie sind ziemlich belastet.»

«Ist es so schlimm?»

«Man stürzt Ihre Denkmäler.»

«Es gibt Denkmäler für mich? Richtig eigene Denkmäler!!»

«Richtig eigene. Der Hegel hat es nur zu einem Platz unterm Pferdeschwanz vom Großen Friedrich gebracht.»

«Ich habe Furunkel und kann nachts nicht schlafen. Weshalb aber Denkmäler?»

«Wegen Ihrer schönen Vorhersagen.»

«Und warum reißt man sie jetzt nieder?»

«Weil alles falsch war.»

Er dachte angestrengt nach. Dann räusperte er sich und fragte: «Entschuldigen Sie, was habe ich eigentlich vorhergesagt?»

Ich betrachtete ihn wieder von der Seite und wurde unsicher. «Pardon, wahrscheinlich habe ich Sie doch verwechselt.»

Er sah mich tadelnd an und sagte, ich solle ihn auf dem nächsten Parkplatz absetzen.

Ich hielt und fragte: «Wohin wollen Sie eigentlich?»

«Ist doch egal.» Sagte ein kleiner schmächtiger Mann, der gar keine Ähnlichkeit mehr mit Marx hatte. «Hauptsache, nicht mehr mit einer Verrückten am Steuer.»

Als ich durch die Stadt fuhr, wollte sich kein vertrautes Gefühl einstellen. Ich hatte Angst vor meiner leeren Wohnung. Ich beschloß, Alexander zu besuchen. Aber unter der Klingel stand ein fremder Name. Ich setzte mich auf die Holzstufen, und ein unerhörtes Gefühl der Verlassenheit brach über mich herein. Ich wußte, daß Angst folgen würde. Angst, die sich bis zur Panik steigern konnte. Ich litt an einem Überwachungsentzugssyndrom. Und das war so verrückt, daß man nicht darüber reden konnte. Die Leute hätten es in die falsche Kehle bekommen.

Als ich schließlich zu Hause war und meine Wohnungstür aufschloß, stand Maria, mit meinem Haarspray bewaffnet, dahinter und sagte, als sie mich erkannte, fast enttäuscht: «Ach, du bist es.»

Auf dem Balkon leuchtete das Laub des wilden Weins in der Herbstsonne. Die Amsel schaute uns aus ihren Knopfaugen ernsthaft an. Die Elstern kekkerten im Neubauinnenhof. Die Pappeln waren im Sommer wieder ein Stück gewachsen. Das Gebüsch, das nicht mehr verschnitten wurde, bildete grüne Wände. Ich lebte seit zwanzig Jahren hier. Als ich einzog, war der Hof eine kahle, verwüstete Stätte gewesen.

Wir tranken Kaffee. Und Maria sagte mit gedämpfter Stimme: «So ein Sicherheitsdienst ist wie eine Zwiebel. Hinter jeder Schicht kommt eine neue. Erst ist da nur der übliche Geheimdienst, wie man ihn sich landläufig vorstellt. Sozusagen als äußerste Schicht. Er ist dazu da, um den Mächtigen die Macht zu sichern. Die Mächtigen bedienen sich des Geheimdienstes und fürchten ihn zugleich. Denn es ist schon bald nicht mehr klar, wer sich wessen bedient. Die Mächtigen wissen bald nicht, ob sie wirklich noch die Macht haben oder ob sie nur noch Aushängeschilder sind, die ausgewechselt werden, wenn ihr Glanz matt wird. Deshalb schaffen sich die Mächtigen einen geheimen Geheimdienst, der dem Geheimdienst auf die Finger sehen soll.»

«Und dann brauchen sie natürlich nach einiger Zeit einen noch geheimeren Geheimdienst, der den geheimen Geheimdienst kontrolliert.» Sagte ich.

«Genau.» Bestätigte Maria.

«Spätestens bei der dritten Stufe fängt das ganze System an, eigene Informationen zu erzeugen.» Spann ich begeistert weiter. «Ich stelle mir das vor wie bei ‹Stille Post›. Zum Beispiel:

B.: A. hat eine negative Einstellung.

C.: B. hat ein negatives Verhältnis zu A.

D.: C. behauptet, B. und A. hätten ein Verhältnis.»

«Bleib doch mal einen Moment ernst.»

«Ich bin ernst. Ich stelle mir vor, wie der friedliche Bürger im Bett liegt und schläft. Inzwischen spielen sich im Lande die vertracktesten Kämpfe ab, in denen vielleicht sein Name eine Rolle spielt.»

«Nimm mal an, einer der geheimeren Geheimdienste will nun mit einem der geheimeren Geheimdienste einer anderen Macht ein Geschäft abwikkeln. Kann er dann den nicht so geheimen Geheimdienst um Unterstützung bitten.»

«Kaum. Denn die sind die größten Feinde.»

«Richtig. Er braucht also einen eigenen Weg.»

«Und manchmal führt so ein Weg...»

Ich wollte fortsetzen: «...an einem Schieferbruch vorbei.» Aber Maria legte ihren Zeigefinger auf die Lippen und schüttelte den Kopf.

In der Ferne heulte ein Martinshorn.

Ich verstummte sofort, denn ich begriff, daß man den Ritt auf einem Tiger vielleicht überlebt. Kommt aber ein zweiter hinzu, ist man verloren. Das Geheul näherte sich. Ein mausgraues Auto sauste die Einbahnstraße in verbotener Richtung entlang. Polizisten sperrten die Straße von beiden Seiten. Das mausgraue Auto stoppte genau auf der Höhe unseres Balkons. Vier Männer sprangen heraus und schlugen sich durch das Gebüsch. Die Polizei beschäftigte sich mit dem verlassenen Auto. Einige nahmen die Spur der Geflüchteten auf. Maria, die es nicht auf dem Balkon ausgehalten hatte, war mit anderen Schaulustigen in heftige Dispute verwickelt. Aber die meisten Leute blieben hinter den Gardinen.

«Bankraub», sagte Maria, als sie zurückkam. «Früher konntest du so etwas nur im Fernsehen sehen. Jetzt bist du live dabei.»

«Immerhin besser als Vietnamesen prügeln.» Sagte ich.

«Aber da wäre die Polizei nicht so flott vor Ort gewesen.»

95

Der Hibiskus im Fenster blühte scharlachrot. «Es ist, als ob der sich dieses Jahr totblühen wollte.» Sagte Maria.

Mein Sohn tauchte auf und hielt mir ein verworrenes Referat über die Unpfändbarkeit seines Einkommens. Ich erzählte ihm, daß wir beide, Maria und ich, nach Indien wollten. Als ich sein umwölktes Gesicht sah, machte ich ihn darauf aufmerksam, daß wir jetzt in einem Rechtsstaat lebten. Er könne mich entmündigen lassen.

Die Vorstellung, auf diese Weise aller Sorgen enthoben zu sein, genoß ich eine Weile. Maria teilte meine Begeisterung nicht. Sie hatte immer noch Vertrauen zu mir und setzte auf mein Buch. Ich sollte nur an den Geschmack der Leute denken. Die hätten genug Probleme. Die wollten jetzt etwas Schönes lesen. Ein bißchen Liebe. Oder so.

«Aber ja doch, Maria.» Sagte ich. Und setzte mich vergnügt an den Schreibtisch. Maria erledigte den Abwasch, ging einkaufen und kochte das Essen. Und hörte sich geduldig alles an, was ich ihr vorlesen wollte. Ich hatte es unwahrscheinlich gut.

Einen Tag lang. Dann erlitt sie einen hysterischen Anfall.

Als ich meine Sommersachen zur Reinigung gab, fand die Frau in der Annahmestelle einen Zeitungsausschnitt in der Jackentasche. «Brauchen Sie das noch?» Fragte sie und hielt mir das Stück Papier hin.

Es war Frickas Gedicht. Aber das merkte ich erst später. Zuerst las ich, was auf der Rückseite stand, die ich vorher nicht beachtet hatte. Da war auf vergilbtem Untergrund ein Interview abgedruckt.

«*Frage:* Wie seid ihr nun vorgegangen?

Gen. M.: Wir haben zuerst Klarheit unter den Genossen geschaffen. Als diese mit dem Vorschlag einverstanden waren, wurde mit den Parteilosen so lange diskutiert, bis auch bei ihnen über diese Fragen eine klare Meinung vorhanden war. Am 22. Mai waren wir soweit, daß von allen Mitgliedern unserer Brigade die Verpflichtung, um den Titel ‹Brigade der sozialistischen Arbeit› zu kämpfen, unterzeichnet wurde.

Frage: Habt ihr irgendwelche Sorgen, bzw. wo drückt euch der Schuh?

Gen. M.: Im großen und ganzen haben wir keine Sorgen. Der Rückstand, den wir hatten, ist aufgeholt. Am 4. September fuhren wir die höchste Tagesproduktion seit Bestehen der Anlage, wofür wir eine Prämie von 1000 M erhielten, den unsere Brigade für einen Kameradschaftsabend, welcher am 14. September stattfand, verwendete.

Frage: Wie ist die gesellschaftliche Mitarbeit eurer Brigademitglieder?

Gen. M.: Auch die ist vorbildlich.»

Ich setzte mich auf eine Bank. Schon raschelte Herbstlaub auf den Gehwegen. Zwischen den Sträuchern lag Papier und Unrat. Die kleinen Spinnen flogen an ihren Fäden durch die Luft. Ich las dieses

Interview, abgedruckt vor fünfzehn oder zwanzig Jahren. Daß diese Harmlosigkeit etwas Gewalttätiges hatte, begriff ich erst jetzt. Es war die ewige «Heileweltinszenierung», in der wir unseren Part treu und redlich gegeben haben.

Zu Hause setzte ich mich an den Computer und schrieb: «Als ich noch Leiter eines ‹Kollektivs der sozialistischen Arbeit› war...»

«Damit willst du doch nicht im Ernst einen Bestseller beginnen.» Sagte Maria, die mich zum Essen rief.

Die blanken Herbsttage reihten sich wie Perlen einer Kette. Jeder Morgen versprach Glück. Jeder Tag war wie ein Verzicht. Ein Verzicht, der um so schwerer wog, da man schon wußte, das Glück würde nicht beständig sein. Jede Nacht konnte die Welt in graue Nebel versinken.

«Diese ewige Sonne bringt mich noch um.» Sagte Maria.

«Du ziehst durch das Land, hältst Vorträge über die Identität von wer weiß wem. Und merkst nicht, wie der Mensch neben dir schon nicht mehr weiß, wer er ist.»

Ich liebte Maria genau so, wie sie war. Wie hatte ich mir einst die Liebe erträumt. Und wie jämmerlich war alles ausgegangen. Ich war auf das Glück losmarschiert, und es hatte sich zurückgezogen. Am Ende blieben immer nur Mißverständnisse. Und nun, da ich schon dachte, dies sei für mich erledigt, war es auf einmal da. Manchmal stockte mir fast das Herz. Die Gräben zwischen Maria und mir waren in Wirklichkeit Abgründe. Aber obwohl die Geheimdienste alles von uns wußten, kannten sie uns nicht. Denn es gibt etwas im Menschen, wozu kein Geheimdienst der Welt Zugang hat.

Maria war noch vor der Wende zu mir gekommen, um mir zu helfen. Damals war ich ständig überlastet. Ich suchte den Streß, um nicht nachdenken zu müssen. Mein ganzes Lebenskonzept war zusammengebrochen. Ich hatte das Gefühl, zwischen Wänden gefangen zu sein, die sich immer mehr aufeinander zubewegten. Mein Weltbild hatte sich verwirrt. Freund und Feind waren durcheinandergeraten. Meine Feinde saßen rundum. Und die Verbündeten irgendwo dazwischen. Aber die wußten nicht, daß ich ihr «Verbündeter» war, und mißtrauten mir. Und ich hätte nicht einmal sicher sagen können, daß sie nicht recht daran taten. Denn da war immer noch der «Hauptwiderspruch der Epoche».

Ich freute mich, wenn Maria kam. Wir saßen stundenlang am Küchentisch und sprachen über die Vorgänge im Land. Maria wußte eine Menge, wovon ich nie etwas gehört hatte. Eines Tages begann ich sie zu verdächtigen. Das war nicht besonders überraschend, denn ich war mißtrauisch wie ein gepeinigter Hund und verdächtigte damals fast jeden. Schon vor Beginn der Revolution wußte ich, es gab für mich kein Halten mehr. Das Maß war voll. Zugleich fürchtete ich mich sehr. Und diese Angst richtete sich gegen Maria. Ich schickte Maria weg.

Ohne sie verkam ich fast. Aber ich konnte mir niemand anders an ihrer Stelle denken. Gewissensbisse quälten mich, doch das war es nicht allein. Was da aber noch war, lag so weit außerhalb meiner Denkmuster, daß ich damals nicht darauf gekommen wäre. Maria hatte sich gedemütigt gefühlt, als ich sie wegschickte. Und natürlich verdächtigte sie mich auch. Zu ihren alten Ängsten kamen neue. Tagelang war sie ihrer Wohnung ferngeblieben, weil sie glaubte, daß ich sie denunzieren würde. Aber Haß auf mich wollte sich nicht einstellen. Und das widersprach ihrem Wesen so sehr, daß sie fast mit sich selbst zerfiel.

Als Maria zurückkam, schlug sie die Hände über dem Kopf zusammen und sagte: «Zeit, daß mal jemand nach dem Rechten sieht.»

Und es war wirklich höchste Zeit, daß sie kam. Für mich. Und auch für Maria.

Wir fuhren in die Müggelberge, ließen das Auto auf dem Parkplatz stehen und gingen hinunter zum See. Noch nie war mir diese Gegend so einsam vorgekommen. Die Gaststätten hatten Ruhetag. Und wir schienen weit und breit die einzigen Spaziergänger zu sein.

Ich sah den Mann früher als Maria. Er war mit einer schwarzen Hose und einem weißen Hemd bekleidet, ohne Jackett, als habe er soeben ein Fest verlassen, auf dem es ein bißchen heiß hergegangen war. Er hatte eine bleiche Gesichtsfarbe, eine gebeugte Körperhaltung und lange, kräftige Arme. Er befand sich plötzlich hinter uns, als sei er aus dem Gebüsch aufgetaucht. Ich wollte einen Schritt zulegen, aber Maria klagte über Fußschmerzen. Ich nahm mein Schlüsselbund so in die Faust, daß der lange Sicherheitsschlüssel als spitze Waffe hervorstand.

Plötzlich packte mich eine wahnsinnige Wut. Als Maria den Mann erblickte, der sich langsam näherte, bekam ihr Gesicht etwas Wildes. Wir blieben stehn. «Du nimmst die Beine!» Zischte Maria. Als der Mann unsere Gesichter erkannte, erschrak er, drehte ab und verschwand auf einem Pfad, der seitlich den Hang hinauf führte.

Als wir ins Auto einstiegen, sagte Maria: «Ich hätte den umgebracht.»

Am Tag danach kaufte ich Boxhandschuhe. Ich hängte im Flur einen Sandsack auf. Verkrampft und fast bewegungsunfähig schlug ich auf den Sack ein. Danach fühlte ich mich kurzzeitig besser.

Ich fürchtete, Maria würde spotten. Aber als sie nach Hause kam und meine neue Errungenschaft sah, krempelte sie wortlos die Pulloverärmel hoch, zog die Boxhandschuhe über und schlug lange und voller Hingabe auf den Sack ein.

Ich weiß nicht, warum mich dieses Erlebnis dazu brachte, Max Lorenz zu besuchen. Vielleicht weil er ein Mensch mit ausgeprägten Feindbildern war. Früher hatte ich solche Menschen für stark gehalten.

Max Lorenz lebte in Gesellschaft eines Graupapageis, der auf den Namen Sir Winston hörte. Dieser war eine Hinterlassenschaft seiner Frau, die nach der Wende die Scheidung erzwungen hatte, da sie es seelisch nicht mehr ertrug, mit einer Altlast in einen Topf geworfen zu werden. Außerdem waren die Bezüge von Max wesentlich schmaler geworden.

Es bestand eine stumme, aber heftige Feindschaft zwischen dem Vogel und dem Mann. Sir Winston war davon gemütskrank geworden und hatte sich die großen Federn aus den Flügeln gerupft. Max Lorenz wollte ihn in die Zoohandlung zurückbringen, aber der Händler hatte ihn nicht angenommen. Wer sich einen Graupapagei leisten könne, der brauche keine Hemmung zu haben, die paar Tausender, die der Vogel wert gewesen sei, in den Kamin zu stopfen. Aber Max Lorenz besaß keinen Kamin, und außerdem war er nie so weit gegangen, sich an einem Feind, der am Boden lag, zu vergreifen.

So saß nun also der Vogel auf der Anrichte und flatterte kläglich. Manchmal vergaß er, daß er nicht mehr fliegen konnte, und stürzte mit einem dumpfen Aufprall zu Boden.

Max Lorenz, der meinen Besuch eher mit Mißtrauen und Abwehr registrierte als mit Freude, holte Limonade und Anisplätzchen.

Wir hatten einander wenig zu sagen. Ein bißchen Klatsch. Im Institut sei der Teufel los. Nun würden alle persönlichen Rechnungen beglichen. Und eigentlich war alles wie früher. Das richtige Parteibuch entschied wieder. Und es gebe Leute, die sich für die Einheit und Reinheit zuständig fühlten. Die brüsteten sich damit, daß sie die anderen denunzierten. Der einzige Unterschied sei, daß nun andere Leute das Sagen hätten.

Analysierte man die wahren Gründe, warum einer in die Partei eingetreten war, lief es oft auf den Einfluß bestimmter Menschen hinaus. Konkrete Personen standen dafür, daß «die Sache» ihre Ordnung hatte.

Mich faszinierten die «starken» Typen, die genau wußten, was sie wollten, die geradlinig und unbeirrt für ein überpersönliches Ziel eintraten. Ich war wegen Max Lorenz in die Partei eingetreten, weil ich an seiner Seite die Welt verbessern wollte. Weil ich glaubte, er wüßte, wie man das macht. Jetzt saßen wir uns gegenüber, zwanzig Jahre später. Eine gescheiterte Schriftstellerin. Und ein Direktor im Vorruhestand. Wir tranken Limonade und knabberten Anisplätzchen. Und die Welt pfiff auf uns.

Einen Monat später, es war kurz vor meinem Abflug nach Indien, trugen wir Max Lorenz zu Grabe. Die Leichenrede hielt ein arbeitsloser Journalist. Der hatte auch von mir einiges erfragt. Es war eine sehr schöne Rede. Es wurde nur Gutes gesagt. Ich war etwas unkonzentriert, weil mir das weitere

Schicksal des Papageis nicht aus dem Sinn ging. Aber ich hatte genug eigene Sorgen und konnte mich nicht mehr um das Tier kümmern.

Niemand der Anwesenden ahnte, daß ich die Witwe des Verblichenen war.

Es gab eine Menge Leute, die eine Rechnung mit mir zu begleichen hatten. In revolutionären Zeiten liegen die Trümpfe auf der Straße. Und auch der Kleine kann zugreifen, wenn er den Mut dazu hat. In einer Art Größenwahn wird er meinen, dies sei wirklich sein Blatt. Aber das Spiel ist falsch, und am Ende bekommt er höchstens den Schwarzen Peter.

Maria sagte, die Leute vergäßen schnell. Ich spielte überhaupt keine Rolle mehr. Maria hatte wieder einmal mehr Durchblick. Aber gerade als ich anfing, mich nicht mehr zu ängstigen, kam das dicke Ende.

Draußen fielen Schüsse. Wenigstens hielt ich das, was ich nachts hörte, für Schüsse und zog die Gardinen am Fenster zu. Die Geräusche hatten sich verändert. Sie waren immer ein bißchen bedrohlich. Die Abschiedsszenen zwischen Besuchern und Gastgebern, die sich ungeniert vor den Häusern abgespielt hatten, gehörten der Vergangenheit an. Auch der Lärm der Heimkehrer bei Kneipenschluß, nach dem man die Uhr stellen konnte, blieb aus. Späte Fußgänger hasteten heimwärts und schlossen die Türen hinter sich zu. Manchmal überkam mich ein Gefühl von Heimweh, das ich mir aber nicht erlaubte, weil es, nüchtern besehen, unsinnig war und schwach machte.

Jeder versuchte, sein altes Verhältnis zur Obrigkeit wiederherzustellen. Diejenigen im Haus, die früher brav jeden Einsatz mitgemacht hatten, hingen ein wenig in der Luft, weil ihnen die Möglichkeit, ihre guten Absichten unter Beweis zu stellen, abhanden gekommen war. Die meisten der dreißig Mietparteien, die zu einem Aufgang gehörten, wohnten seit zwanzig Jahren hier. Man war mit kleinen Kindern eingezogen. Jetzt zeigte man einander die Enkelkinder. Die Gespräche wurden freundlicher. Leute, die seit zwanzig Jahren kaum mehr als drei Worte miteinander gewechselt hatten, einfach, weil es keinen Grund für mehr gab, suchten jetzt nach kleinen Anlässen, einander gefällig zu sein. Man gab sich gegenseitig die Wohnungsschlüssel und bot sich an, die Post abzuholen. Das Mißtrauen, das wie ein giftiger Nebel in die letzte Wohnungsecke gedrungen war, verschwand allmählich. Erst durch diese neue Leichtigkeit begriffen die Leute das ganze Ausmaß der Bedrückung, unter der sie gelebt hatten.

Manchmal hatten sie ein Gefühl, als brauchten sie nur die Flügel auszubreiten, um loszufliegen. Aber ehe sie dieses Gefühl ein wenig auskosten konnten, fanden sie sich von Kopf bis zu den Füßen mit neuen

Gewichten behängt, die sie an die Erde fesselten. Die neuen Sorgen hatten alle gemeinsam. Aber es war nicht mehr üblich, darüber zu reden. Ab Oktober mußten sie das Fünffache an Miete bezahlen. Und dies sollte nur der Anfang sein. Sie müßten mehr bezahlen, weil die Häuser so verrottet wären. Eine Logik, an die sie sich erst gewöhnen mußten.

Die einen zogen gleich auf Nimmerwiedersehen davon. Die anderen blieben wie erstarrt in ihrer Höhle. Die Leute in dem Haus, das zwanzig Jahre alt war, gehörten den Jahrgängen an, die nicht mehr gefragt waren. Sie waren entweder schon abgewickelt, oder es stand ihnen noch bevor. Man redete lieber über die Kinder, die, nicht so sozialismusverdorben, jung und dynamisch, bessere Aufnahme fanden. Und die vor lauter aufgeregtem Ehrgeiz immer seltener zu Hause auftauchten.

Im zweiten Stock, wo bis kurz nach zwölf die rote Fahne im Fenster gehangen hatte, wohnten jetzt Leute, die das ganze «rote Pack» im Haus mit Verachtung straften. Alle hofften heimlich, daß diese Leute ihre Miete auch nicht mehr zahlen könnten. Es sah aber nicht danach aus.

Die Leute hätten gern, wie früher, eine Eingabe gemacht. Aber sie hatten Angst, sich damit zu blamieren. Mit dem neuen Recht kannten sie sich nicht aus. Früher hatten sie sich auch schlecht behandelt gefühlt. Aber da hatten sie einen Sündenbock gehabt. Man konnte zwar den Alten noch eine Menge in die Schuhe schieben. Aber einmal war damit

Schluß. Und dann mußten sie ihre Niederlagen selbst tragen.

Keiner von ihnen hatte sich jemals als Besitzer des Volkseigentums gefühlt. Im Gegenteil. Nichts war so sehr Freigut gewesen wie das, was sich Volkseigentum nannte. Wenn es auch jetzt üblich war, der Führung allein die Schuld zu geben, bereichert hatten sich fast alle. Und waren es nur Telefongespräche auf Allgemeinkosten gewesen. Solche kleinen Vergehen waren schon so sehr Gewohnheitsrecht gewesen, daß die Leute keinerlei Unrechtsbewußtsein hatten. Insofern war die Wut der Leute auf die Bonzen nicht so sehr eine Frage der Moral, sondern Wut darüber, daß diese ihnen immer Moral gepredigt, sich aber in Wirklichkeit noch cleverer bedient hatten.

Jetzt, wo dieses ziemlich heruntergewirtschaftete «Volkseigentum» für ein «Butterbrot» an Leute mit robusten Gesichtern «verscherbelt» wurde, so sprach man wenigstens untereinander, wenn man überhaupt darüber sprach, fühlten sich alle erst recht betrogen.

Das Wissen der Leute über den Kapitalismus stammte aus Fernsehserien. Ihnen fehlte jegliches Verständnis für die Sorgen eines Unternehmers. Sie nahmen sich in dem Spiel zu wichtig. Sie wußten nichts von den schlaflosen Nächten der Finanzgewaltigen oder der Wirtschaftskapitäne, die einander wie die Haifische umkreisen und ständig ums Überleben kämpfen. Die nun, auch aus ihrem Gewohnten aufgestört, neue Spielbedingungen vorfanden, denen sie sich nicht entziehen konnten.

Ich saß nachts am Computer und schrieb an einem Roman. Plötzlich schrieb ich wieder mit jener inneren Sicherheit, die für Momente unangreifbar macht.

Gegen drei erschien Maria und sagte: «Komm schlafen!»

Maria war der einzige Mensch, der mich in solchen Augenblicken stören durfte. Aber sie wußte es nicht. Und daß sie es nicht wußte, machte mich ein bißchen wütend.

«Obdachlosigkeit wäre ein Grund, mich umzubringen.» Sagte Maria.

Da merkte ich, daß sie sich fürchtete, ließ den Computer sein und kochte in der Küche Kaffee.

«Magst du Sauerbraten?» Fragte Maria.

«Woher hast du denn zu dieser Stunde Sauerbraten?»

«Meinst du, daß es Diebstahl ist? Wenn du doch zu Hause sitzt und nichts Ordentliches zu essen hast.» Sagte Maria.

«Überhaupt nicht», antwortete ich und sah zu, wie Maria das Essen wärmte. Während wir uns beide mit gestohlenem Sauerbraten und Semmelknödeln vollstopften, versuchte ich Maria klarzumachen, daß Obdachlosigkeit nichts weiter als eine neue Lebenserfahrung sei, bei der man sich vermutlich tausendmal lebendiger fühlte, als es diese Wohlstandsbürger jemals schafften. Maria begann sich am Ende regelrecht für das Leben auf der Straße zu begeistern. Aber so weit ging ich in Wirklichkeit nicht. Wenn es sich einrichten ließ, wollte ich das doch lieber vermeiden. Deshalb beschloß ich, zu dem Empfang zu gehen, den der Bundespräsident anläßlich eines literarischen Ereignisses – ich habe vergessen welches – gab. Ich hatte dazu eine Einladung im Briefkasten gefunden.

Empfänge hasse ich noch mehr als Karussellfahren. Aber hatte einen der «öffentliche Bannstrahl» getroffen, mußte man sich wohl überlegen, ob man es sich leisten konnte, solch eine Gelegenheit vorbeigehen zu lassen. Eingeladen zu sein war nämlich ein Indiz dafür, daß man noch nicht oder nicht mehr hoffnungslos in Ungnade war. Man konnte sich nur wünschen, daß sich dieser Fakt bei den «unabhängigen» Redaktionen herumsprach, die wiederum ihrerseits für die «öffentliche Meinungsbildung» zuständig waren. Traf man mit westlichen Zeitungsleuten zusammen, geschah es immer häufiger, daß über einen ihrer abwesenden Kollegen gesagt wurde, dieser, also der Nichtanwesende, sei vor einem Jahr, oder doch vor nicht allzu langer Zeit, ein ganz anderer gewesen. Was der damals noch geschrieben hätte, würde er heute nicht mehr wahrhaben wollen. Faßte man das zusammen, mußten fast alle noch ganz anders gewesen sein. Welchen Spielregeln folgten sie? Wer sagt ihnen, was sie heute zu tun und morgen zu lassen haben? Sie behaupten gar nicht von sich, eine Überzeugung wie ein Schild durch die Welt zu tragen. Man spricht von Zeitgeist, und der ändere sich eben. Längere Zeit stellte ich mir unter dem Zeitgeist einen listigen älteren Herrn von kleiner Statur vor, der genau wußte, wo die Futterkrippe hängt. Ich konnte mich eben nicht schnell von meiner alten Prägung befreien. Allmählich bin ich dahintergekommen, daß alles viel feiner funktioniert. Der Zeitgeist sitzt in den Köpfen selbst. Er ist da eingedrungen, ohne Schmerzen zu verursachen, so daß ein jeder immer noch glaubt, er sei er selbst.

Der Abend begann mit der Lesung eines Schriftstellerkollegen. Ich suchte mir einen Platz, nicht so weit vorn, aber auch nicht in der letzten Reihe. Der Raum füllte sich schnell. Der Mann, der direkt hinter mir saß, fragte seinen Nachbarn mit halblauter Stimme, wie wohl die Einladungsstrategie zustande gekommen sei.

Fast hätte ich mich umgedreht und gesagt, daß mich das auch brennend interessiere. Aber die Neuen haben noch weniger Humor als die Alten. Plötzlich dachte ich, daß da vielleicht einer saß, der in bezug auf mich eine Fehleinschätzung zu verantworten hatte. Wahrscheinlich schlugen bei den Neuen solche Fehler noch stärker zu Buche als bei den Alten, die fast nur Fehler gemacht hatten. Trotzdem hatte ich jedesmal, wenn ich früher aus der Rolle fiel, Mitgefühl mit dem Unbekannten im Hintergrund gehabt, der nun meinetwegen die Prämie gekürzt bekam. Ich konnte mir noch so oft sagen, daß so viel Mitmenschlichkeit nun wirklich fehl

110

am Platze war. Irgend etwas mußte mit mir nicht in Ordnung sein. Und nun fing das schon wieder an.

Nach der Lesung wurden noch einige Höflichkeiten ausgetauscht. Dann taten alle aus Verlegenheit so, als wären sie wirklich wahnsinnig am kalten Büfett interessiert. Die Gesichter bekamen den Zug von devoter Wichtigkeit, den die Gesichter bei jedem Empfang bekommen. Wenn man genug Empfänge mitgemacht hat, verzieht sich das Gesicht, ob man will oder nicht. Die Erfahrenen versuchen in den Dunstkreis eines Einflußreichen zu gelangen. Oder doch wenigstens eine gewisse Geschäftigkeit vorzutäuschen. Keinesfalls darf man zu den bedeutungslosen Randfiguren gehören, die verloren herumstehen und sich unwohl fühlen.

Ich überlegte eine Weile, ob ich irgend etwas Stilwidriges schaffen würde. Aber alles in mir war längst programmiert. Ich taugte höchstens zum Computertäter. Ich hörte meinen Vater: «Mädchen, ein guter Ruf verliert sich nur einmal. Hauptsache, kreditwürdig bleiben.» Die Stimme meiner Mutter: «Das Messer ist kein Bleistift. Den Empfang vor dem Präsidenten zu verlassen gehört sich nicht.» Und natürlich Maria: «Mußt du immer alles nur negativ sehen. Es sind doch nette Leute. Und keiner hat hier etwas gegen dich. Du willst dich bloß in Szene setzen.»

Maria war wie immer die Größte.

Während ich die Treppe hinunterging, dachte ich, daß die Sicherheitsleute der Alten alle gleich ausgesehen hatten. So «gut» waren die Neuen noch nicht.

Ich lachte vor mich hin. «Ist Ihnen nicht wohl?»
Fragte die Klofrau.

Als ich hinausgehen wollte, stand der Redakteur
aus meinem Heimatort da und fragte, ob er mich zu
einem Glas Wein einladen dürfe. Ich war verwundert, ihn zu sehen. Aber er stellte sich, als sei es die
selbstverständlichste Sache der Welt. Und ich
brauchte in diesem Augenblick nichts so dringend
wie eine Einladung zu einem Glas Wein.

Nach dem ersten Glas Wein wendete der Redakteur den Kopf hin und her, sah mich an, als wäre ich
irgendwoher entsprungen, und sagte vorwurfsvoll:
«Warum haben Sie bloß unterschrieben!»

Ich fuhr wütend hoch und sagte: «Ich habe nichts
unterschrieben!»

Eine Aussage, die so allgemein natürlich nicht
stimmte. Aber jeder wußte damals, was gemeint
war.

«Aber ich bitte Sie! Das ist uns doch bekannt.»

«Was bedeutet ‹uns›?» fragte ich und überlegte,
ob ich nicht gehen sollte.

«Wenn ich ‹wir› sage, so meine ich mich und
einige Freunde. Übrigens alle eifrige Leser Ihrer
Bücher. Keiner von uns will, daß Ihnen etwas zu-
stößt. Und wir finden es sehr dumm, daß sich
einige Zettel mit Unterschriften von Ihnen in frem-
den Händen befinden. Sicher haben Sie Auto-
gramme gegeben und nicht beachtet, daß es
Blankovollmachten wurden. Künstler sind manchmal nicht ganz von dieser Welt.»

112

Plötzlich wußte ich, was mich an dem Typen, der mich mit Alexander im Zug filmte, so nervös gemacht hatte. Zwei Tage zuvor hatte er von mir in Frankfurt ein Autogramm erbeten. Ich schrieb, ohne viel nachzudenken, meinen Namen auf ein Stück Papier. Als ich hochsah, war mir der unangenehm triumphierende Gesichtsausdruck aufgefallen.

Ich grübelte. Wollte jemand von den Alten eine späte Rache. Das war kaum anzunehmen. Die hatten andere Sorgen. Für die Neuen war ich nicht wichtig genug. Wollte mich jemand erpressen? Aber ich machte sicher keinen sehr ergiebigen Eindruck. Vielleicht gingen den Zeitungen die Skandale aus, und sie produzierten diese nun selbst. Und sogar die Kreisredaktionen waren schon von solchem Ehrgeiz gepackt.

Ich sagte: «Wenn mein neues Buch erscheint, wäre es ein guter Zeitpunkt für diese Story.»

«Darauf möchten wir nicht warten.» Sagte der Redakteur. «Geben Sie uns den Vorrang, wenn der Ursprung des Geldes auf Ihrem Konto in der Schweiz aufgeklärt wird. Mehr wollen wir nicht. Wer hat unter Ihrem Namen Gelder geparkt? Wir sind uns sicher einig, es kann nur eine Antwort geben. Wir werden Ihnen dann helfen und berichten, wie Ihre Gutgläubigkeit mißbraucht wurde.»

Ich bewahrte Haltung und sagte, ich würde mir das Ganze durch den Kopf gehen lassen. Aber ich sähe im Moment für mich keine bessere Lösung, als seinen Vorschlag anzunehmen.

Er sagte, daß er sich freue, mich so konstruktiv zu sehen. Ich ließ mir ein Taxi rufen.

«Abgemacht! Exklusiv für uns!» Sagte der Redakteur zum Abschied und sah mich ernst an.

Als ich nach Hause kam, schlief Maria bereits. Ich kontrollierte ihre Taschen und Kleidungsstücke. Ich fand nichts. Doch als ich den Ausweis sah, las ich zum erstenmal ihren Mädchennamen: Rank. Ich verbrachte eine ziemlich unruhige Nacht. Aber am Morgen hatte ich mich wieder im Griff.

Eine Woche nach der Begegnung mit dem Redakteur heiratete ich, ohne irgend jemanden zu informieren, Max Lorenz. Als ich ihm sagte, ich brauche einen neuen Namen, hatte er meiner Bitte, ohne weitere Fragen zu stellen, sofort entsprochen. Den kurzfristigen Termin begründeten wir mit meinem schlechten Gesundheitszustand. Ich besorgte mir einen Paß auf den Namen Lorenz. In meinem Schreibtisch lagen drei Pässe aus der Zeit vor der Revolution, die alle noch gültig waren. Zwei Wochen nach unserer Trauung erfuhr ich, daß Max Lorenz an Herzversagen gestorben war.

Eines Tages erhielt ich einen Kontoauszug aus der Schweiz. Mein Guthaben war siebenstellig.

Ich informierte Maria davon und sagte, es sei nun an der Zeit, nach Indien zu reisen. Sie schlug vor, ich solle ihr eine Vollmacht geben. Sie würde das Geld für mich in einem Hotelzimmer in Zürich deponieren. Wir buchten getrennte Flüge: Berlin–Zürich–Delhi. Ich sagte beim Abschied zu Maria: Delhi. Ashoka-Hotel. Spätestens in zehn Tagen. Und teilte der Bank mit, daß eine von mir Bevollmächtigte eintreffen würde.

Maria umarmte mich zum Schluß und gab mir den Judaskuß. Und ich wußte nun, daß man mich in Zürich beim Grenzübertritt in Richtung Indien mit all dem vielen Geld verhaften wollte.

Ich sah Maria nach und dachte, daß mir nichts im Leben erspart blieb.

Sechs Tage später fand ich in der Kommode eines Züricher Hotelzimmers einen Koffer mit sauber gebündelten Banknoten. Als ich aus dem Fenster sah, erblickte ich auf der anderen Straßenseite einen auffällig unauffälligen Herrn.

In dieser Nacht hatte ich viel zu tun. Ich schnitt mir die Haare kurz und färbte sie dunkel. Von einer sportlich unauffälligen Frau verwandelte ich mich in etwas Extravagantes. Ich frühstückte in aller Herrgottsfrühe, nannte eine falsche Zimmernummer und sagte dem Portier, mein Mann wolle in einer Stunde geweckt werden. Ich stieg unbeachtet von dem Herrn auf der Straße in ein Taxi und ließ mich zum Flugplatz bringen. In meiner Handtasche lagen Paß und Flugticket auf den Namen Lorenz. Und zwar ein Flugticket nach Teneriffa. Meine Reiseunterlagen nach Indien hatte ich in ein Kuvert gesteckt, an Doktor Badküchler adressiert und in den Hotelbriefkasten geworfen.

Auf dem Flugplatz wäre beinahe noch alles schief-
gegangen. Am Eingang patrouillierte Alexander,
der offensichtlich in neuen Diensten stand. Damit
hatte ich nicht gerechnet, denn Alexander erkannte
mich trotz aller Maskerade sofort. Aber er zwinkerte
auf die sehr vertraute Art mit dem linken Auge, wie
wir es immer getan hatten, wenn wir ein Geheimnis
miteinander hüteten. Ich bezwang mein Verlangen
zurückzuzwinkern und ging lächelnd an ihm vorbei.
Mit Alexander konnte man in den Bergen wandern.
Auf so etwas ist Verlaß. Zwei Stunden später
landete ich in Teneriffa. Nahm ein Taxi zum Hafen
und betrat völlig unbehelligt die Fähre.

An diesem Tag war ungewöhnlich hoher See-
gang. Die Einheimischen, dunkelgekleidete Männer und Frauen unbestimmten Alters, ließen sich
auf den Sesseln und Bänken in der Mitte des großen Salons nieder. Die Männer verhandelten mit
dem Büfettier an der Bugseite des Raumes und kamen mit einem Arm voll Sanitärtüten zurück. Eine
alte Frau lag ausgestreckt auf der Bank und schien
schon in Erwartung der Reise seekrank zu sein. Ich
setzte mich mit meinem Koffer zu ihnen, denn ich
sagte mir, daß in der Achse des Bootes die Schlin-
gerbewegung am geringsten sein würde. Ich bemühte mich, etwas von ihrer Unterhaltung zu ver-
stehen. Aber ich verstand nur wenig. Sie schienen
einen eigenen spanischen Dialekt zu sprechen. Der
Raum war überfüllt mit Touristen, meistens Deutsche, die es mit diesem Hungerblick umhertrieb,

immer in Sorge, es könnte ihnen etwas entgehen. Im Kontrast dazu die Jugendlichen mit Rucksack, die sich so stellten, als könnte sie nichts in der Welt überraschen oder gar erschüttern. Und die, vielleicht um sich selbst zu beweisen, daß sie jeder Situation gewachsen wären, kurzerhand auf dem Fußboden lagerten.

Ich hatte die ganze Zeit über den Eingang im Auge behalten. Als die Motoren auf Hochtouren liefen, die Schiffsglocke bimmelte und das ganze Boot mit Ächzen und Knarren in Bewegung geriet, fiel mir ein Stein vom Herzen.

Ich schloß die Augen, ohne jedoch meine Umgebung völlig außer acht zu lassen. Ich beobachtete, wie die Einheimischen von den Tüten Gebrauch machten. Und wie die gerade noch so coolen Jugendlichen erbleichten und mit ebenso blassen Touristen den Waschräumen zustrebten.

Und dann erblickte ich Maria. Oder das, was die Seekrankheit von ihr übriggelassen hatte. Sie kam vom Waschraum und kauerte sich in einen Sessel am Rand, dort, wo zum Auf und Ab noch die Drehbewegung des Bootes hinzukam. Ich lief zu ihr hin, um sie in die ruhigere Mitte zu holen. Aber sie war keinem Argument zugänglich.

«Laß mich. Du weißt doch, ich bin keine Mittelpunktsperson wie du.» Sagte Maria. Und es sah aus, als müßte sie gleich wieder hinaus. «Wo warst du eigentlich! Das kannst du doch nicht mit mir machen. Was meinst du, was ich für eine Angst gehabt habe, daß du nicht kommst.» Sagte Maria in einem Moment, in dem es ihr etwas besser ging.

«Ich war in Indien.» Sagte ich grimmig.

«Und das Geld!» fuhr Maria hoch.

«Keine Angst. Das ist da.» Sagte ich. Und sah mich nach dem Koffer um. Doch der Koffer war verschwunden.

Nachdem wir die Fähre verlassen hatten, gingen wir, wie einer stillschweigenden Vereinbarung folgend, ohne uns aufzuhalten durch die Stadt bergaufwärts. Vorbei an häßlichen Zementblöcken. Vorüber an Toreinfahrten, die den Blick in grüne Innenhöfe freigaben.

Wir fürchteten uns sehr. Aber wir reagierten unterschiedlich. Allein schon in der Art, wie wir uns bewegten. Ich versuchte mich anzupassen, als Teil der Gegend zu erscheinen. Dazu gehörte es, keine Unsicherheit oder Verwunderung erkennen zu lassen. Ich ging in leicht vornübergebeugter Haltung, anscheinend gleichgültig gegenüber meiner Umgebung, die ich in Wirklichkeit unter Kontrolle behielt. Ich versuchte, aus dem Geräusch der Schritte hinter uns herauszubekommen, ob Gefahr im Verzug war oder nicht. Keinesfalls hätte ich mich umgewandt. Oder doch nur unter einem triftigen Vorwand. Maria dagegen drehte den Kopf fortwährend hin und her, um festzustellen, ob uns jemand folgte. Hin und wieder blieb sie abrupt stehen und starrte den Nachkommenden ins Gesicht. Das zerstörte natürlich meine gesamte Sicherheitsstrategie und ging mir mächtig auf die Nerven. Wir redeten nicht miteinander, denn sie war immer noch voller Wut, weil mir das mit dem Geld passiert war.

Wir kamen durch eine verdorrte Gegend. Die Häuser rückten weiter und weiter auseinander. Sie waren durch ein kompliziertes System von Gräben und Rohren miteinander verbunden. An den Hängen standen Opuntien und buschige Wolfsmilchgewächse. Wir sahen seltsam kegelförmige Felsen, so als wäre einst die vulkanische Tätigkeit auf halbem Wege steckengeblieben. Als es dunkel wurde, suchten wir Unterschlupf in einer verlassenen Steinhütte, die wir unter einem mächtigen Eukalyptusbaum fanden.

Ich fürchtete mich vor Schlangen. Maria schlief mit dem Kopf in meinem Schoß. Als der Mond aufging, mußte ich immerzu ihr Gesicht ansehen. Sie lag da, friedlich und entspannt. Sie sah jung und wunderschön aus. «Zigeunerin.» Sagte ich leise. Da lächelte sie, richtete sich auf und herzte mich. Ich fühlte, wie die Lust in mir bis in die Schläfen aufloderte. Ihr Körper wurde mein Körper, und alles, was ich ihr tat, geschah mir. Ich flog in gewaltigen Wellen über das Land. Und den Absturz von Terrasse zu Terrasse begleitete eine Folge von allerletzten Seufzern. Bis ich mich auf der Erde wiederfand.

Gegen Morgen wurde es kühl. Als der Himmel hell wurde, brachen wir auf. Steile Felsen säumten

jetzt die Straße. Wir kamen an einem Höhlenein-
gang vorbei. Aus den Buchten zwischen den Basalt-
klippen wehte der frische Morgenwind vom Meer
bis zu uns. In der Ferne hörte man Hundegebell und
das Krähen eines Hahnes. Am Hang schepperten die
Glocken der Ziegen.

Die Gipfel der Berge waren in Nebel gehüllt. Wir
stiegen einen Fußpfad hinunter in Richtung Meer
und standen auf halbem Weg plötzlich vor dem Eingang des Hotels. Von weitem hatten wir die kleinen
weißen Häuschen für ein Dorf gehalten. Maria
seufzte. Selbst ich, die ich einen wahren Horror bei
dem Gedanken empfunden hatte, ich sollte den
Rest meiner Tage in einem Fünfsternehotel, wo
auch immer in der Welt, verbringen, war von solcher
Schönheit überwältigt. Ich strich über die sinnlichen
Blüten der Feuerakazie, sog die sanfte Luft, die vom
Meer aufstieg, ein und hörte das leise Rascheln der
Palmen. Bei allem schien es mir geraten, die Welt
nicht völlig außer acht zu lassen. Unser Anblick war
wohl nicht unverdächtig. Jedenfalls merkte ich, wie
Blicke auf uns gelenkt wurden und ein Kopfnicken
erfolgte. Jemand ging ans Telefon. Ich überzeugte
Maria weiterzugehen. Wir kletterten über eine
Mauer. Da schrie Maria auf: «Bananen! Ganze Stau-
den voller Bananen!»

«Entschuldige», sagte sie sogleich beschämt,
«aber ich habe doch so etwas noch nie gesehen.»

Eigentlich hätte ich mich schämen müssen. Aber
ich schämte mich nicht. Unsere Gefühle spielten so-

wieso keine Rolle mehr, und wir mußten uns endlich abgewöhnen, damit hausieren zu gehen.

Wir stiegen in eine Bucht hinunter und kletterten durch ein Tor in einem Felsenvorsprung, das die Brandung in jahrtausendelanger Arbeit ausgewaschen hatte. Dann standen wir in einem verwunschenen Tal, das eine einzige Bananenplantage war. Maria lief in das Dunkel der Stauden und pflückte sich in wildem Eifer einen Arm voller Früchte. Ich sah oberhalb des Hotels ein Auto ankommen. Drei Männer in Uniform stiegen aus und betrachteten die Gegend durch Ferngläser. Da folgte ich Maria. Ich wunderte mich ein bißchen, daß keine Hunde eingesetzt wurden. Vielleicht waren wir einfach nicht so wichtig. Außerdem stellte ich später fest, daß der torartige Durchgang infolge der Brandung fast nie passierbar war.

Maria stand im Halbdunkel und fragte ernsthaft: «Sag mal, weißt du zufällig, ob Bananen das ganze Jahr über reifen.»

Wenn das Trübe sich gesetzt hat, gleicht die Erinnerung einem klaren tiefen Wasser. Doch wirbelt's vom Grund herauf, und das Licht wird schwächer, je tiefer ich tauche. Etwas Dunkles will über mich kommen.

Die Welt ändert sich schneller, als mein Atem geht, und bleibt doch die alte. Nichts kann mehr ungeschehen gemacht werden. Ich habe meine Wahrheit. Ein anderer hat eine andere. Und noch immer hat niemand den echten Ring.

Wir sind böse, traurig oder voller Übermut, immer in Gefahr zu straucheln. Und nur die Liebe kann uns halten. Kein noch so gerechtes Tribunal.

In dem ewigen Halbdunkel zwischen den Bananenstauden verlor alles an Bedeutung. Und doch wog das Schweigen zwischen uns schwerer und schwerer. Jeder Tag war wie ein Angebot, aber wir schlugen es aus. Denn wir wußten, daß Worte uns nicht mehr helfen konnten.

Eines Morgens sah ich eine kleine schwarze Spinne über Marias Kopf. Ich hätte sie warnen können. Doch ich war wie gelähmt. Als Maria gebissen wurde, schrie sie vor Schmerz auf und rannte davon. Ich weiß nicht, welche Chance einer hat, den Biß der Schwarzen Witwe zu überleben.

Aber auch das ist jetzt ohne Bedeutung. Alles hat seine Zeit. Und wir hatten unsere.

Barbara Honigmann

Eine Liebe aus nichts

«Hatte ich nicht mein ganzes Leben geseufzt, nach Paris! Nach Paris!» Doch als sie den großen Sprung gemacht hat, von Berlin-Ost an die Seine, fühlte sich die Ich-Erzählerin in ihrem dunklen Souterrain «wie ein Einwanderer nach Amerika vor hundert Jahren: Nun sitzt er auf Ellis Island, der verdammten Insel, hat sein ganzes Leben hinter sich gelassen und Amerika noch nicht einmal mit einem Fuß betreten. Aber er ahnt schon die grausamen Wahrheiten der neuen Welt und fragt sich manchmal, ob er nicht viel zuviel für viel zuwenig hergegeben hat.»

«Ein ‹Versteck› soll die Fremde sein, kein ‹Exil›. Dort, ‹wo es nicht mehr weitergeht›, auszuharren – dies ersehnt eine deutsche Jüdin. Ein Schemen in der Nachgeborenen das Vergangene, dessen nicht habhaft zu werden und dem nicht zu entrinnen ist. Kein ‹neues Deutschland›, kein Ort überhaupt kann Auschwitz entwirklichen. Barbara Honigmann, die 1984 selbst Ost-Berlin verließ, um in Strasbourg zu leben, beschreibt eine Vagabondage, deren Fragen keine Antwort finden: Wo man sein und wo man keinesfalls sein darf, wo man sein könnte oder wollte.
‹Eine Liebe aus nichts› ist ein Buch der stillen Verwunderung: darüber, daß Paris eine ‹richtige Stadt› ist mit Boulevards und Alleen, Plätzen und Parks, und darüber, daß Menschen ‹wirklich hier zu Hause› sind. Hier und allerorten.» *Frankfurter Rundschau*

Rowohlt · Berlin

Margarete Steffin

Konfutse versteht nichts von Frauen

Nachgelassene Texte
Herausgegeben von Inge Gellert
Mit einem Nachwort von Simone Barck
und einem dokumentarischen Anhang

Der Name Margarete Steffins ist nur Brecht-Forschern geläufig –
als ein «menschlicher Bestandteil» seiner Werkgeschichte. Ein-
geweihten wie Hanns Eisler galt sie als seine «wertvollste»
Mitarbeiterin, Brecht selbst stilisierte sie zum «Soldaten der
Revolution» und widmete der «guten Genossin M. S.» eine
Reihe bekannter Gedichte. Was bis heute nicht bekannt ist:
Margarete Steffin beantwortete seine Liebesgedichte mit zum
Teil ebenbürtigen, manchmal so ununterscheidbar von den seinen, daß einige davon in Brechts Werke eingingen. Nur wenige
wußten, daß Margarete Steffin neben der aufreibenden Arbeit
für Brecht im Exil selbst ein beachtliches literarisches Werk her-
vorgebracht hat – ihr Nachlaß ruhte über Jahrzehnte hinweg
streng gehütet im (Ost-)Berliner Brecht-Archiv.
Genau fünfzig Jahre nach ihrem tragischen Ende in einer Mos-
kauer Lungenklinik 1941 erscheint nun zum erstenmal eine
Sammlung von Gedichten, Erzählungen, kleiner Prosa und auto-
biographischen Notaten Margarete Steffins sowie eines ihrer von
Brecht hochgeschätzten Lehrstücke für Kinder. Ein verscholle-
nes Werk ist zu entdecken, eine proletarische Schriftstellerin im
besten Sinn des Wortes, eine Autorin, deren Einfluß auf Brecht
sehr viel größer gewesen sein dürfte als bislang angenommen.

Rowohlt · Berlin

Helga Königsdorf gehört nicht zu den Autoren der Ex-DDR, die sich den Lähmungserscheinungen ‹postsozialistischer Melancholie› hingeben. Wer ihre frühen Männergeschichten («Bolero») kennt, weiß, daß sie über scharfen Witz und Ironie verfügt – Mittel, welche am ehesten geeignet scheinen, einer Situation beizukommen, die sie mit zwei Sätzen so charakterisiert: «Nie zuvor hatte ein derart ordinärer Geruch nach billigem Parfüm über der Stadt gelegen. Und doch war kein Duft stark genug, um den faden Geruch der Angst zu übertönen, der sich immer mehr ausbreitete.»

Es geht um den Wendeschock. Um die Wechselfälle des Lebens bei der sogenannten marktwirtschaftlichen Umgestaltung. Um die Kinder der Revolution, die nicht mehr gefressen zu werden brauchen, weil Hören und Sehen ihnen von ganz allein vergeht angesichts so nicht erwarteter Mühen der Ebenen.

Ganz ungeniert bringt die Autorin wieder ihre eigene Biographie in eine phantastische Fiktion ein, eine kriminalistische diesmal. Vordergründig eine Liebesgeschichte zwischen zwei Frauen, die gemeinsam versuchen, ans neue Geld ranzukommen, um sich, nachdem ihnen das überraschend und ein wenig außerhalb der Legalität gelingt, am Ende gänzlich mittellos auf einer verlassenen Bananenplantage ihres Traumziels wiederzufinden, einer Insel «gleich neben Afrika».

Ihren eigentlichen Erzählstoff aber bezieht Helga Königsdorf aus einem Blick zurück. Die Ich-Erzählerin, Schriftstellerin wie die Autorin, geht der eigenen Lebensgeschichte nach, um einem Irrweg auf die Spur zu kommen. Unter dem Vorwand, dort in Ruhe schreiben zu wollen, hat sie sich für einen Sommer ins thüringische Dorf ihrer Kindheit begeben. Eine Idylle, so scheint es, doch auch hier lauert überall Angst.

Ihr Vetter, unter DDR-Flagge Parteisekretär bei der LPG, hat inzwischen den alten Besitz der Familie reprivatisiert, aus deren Erbfolge ihr Vater auf Grund der Hitlerschen